Майкл Бонд

МЕДВЕЖОНОК ПО ИМЕНИ ПАДДИНГТОН

Сказочная повесть

Перевод с английского
Александры Глебовской

Художник
Пегги Фортнум

Москва
«Махаон»

УДК 821.111-312.9-93
ББК 84(4Вел)-44
Б81

Michael Bond
A BEAR CALLED PADDINGTON

Бонд М.

Б81   Медвежонок по имени Паддингтон : сказочная повесть /
Майкл Бонд ; пер. с англ. и вступ. ст. А. Глебовской ; худож.
П. Фортнум. – М. : Махаон, Азбука-Аттикус, 2019. – 160 с. : ил. –
(Чтение – лучшее учение).

ISBN 978-5-389-10545-4

В канун Рождества 1956 года не очень известный писатель
Майкл Бонд наткнулся в магазине на никому не нужного игрушечно-
го медвежонка. Бонд купил мишку и назвал Паддингтоном – в честь
близлежащего вокзала. А потом появилось несколько историй
о приключениях медвежонка из Дремучего Перу. Так возник новый
литературный символ Англии – книги о нём переведены на сорок языков, приключения этого мишки продолжаются уже более пятидесяти
лет, ему даже поставили памятник на том самом вокзале.

УДК 821.111-312.9-93
ББК 84(4Вел)-44

ISBN 978-5-389-10545-4

МЛАДШИЙ МЕДВЕДЬ АНГЛИЙСКОЙ ЛИТЕРАТУРЫ

Как и в русской сказке, в английской литературе есть три медведя, которых на родине знает и любит каждый читатель. Первый – это, разумеется, Винни-Пух. Второй – медвежонок Руперт, герой комиксов, книжек и фильмов. А третий – медвежонок по имени Паддингтон.

История Паддингтона началась в канун Рождества 1956 года, когда Майкл Бонд заметил в витрине магазина возле Паддингтонского вокзала в Лондоне одинокого плюшевого медвежонка и решил купить его в подарок жене. А уже через десять дней был написан первый сборник рассказов, которым, правда, пришлось почти два года ждать публикации.

В 1956 году Майкл Бонд ещё не был писателем. Он сменил довольно много профессий и тогда работал оператором на Би-би-си. Позади были нелёгкие военные годы – молодой Майкл ушёл добровольцем в армию и успел послужить в Каире, где в 1945-м написал и опубликовал свой первый рассказ. Ему заплатили небольшой гонорар, после чего Бонду, по его собственным словам, «понравилось быть писателем». А с 1967 года, когда к автору книг про медвежонка пришёл настоящий успех, он смог полностью посвятить себя литературе.

Отважный медвежонок из Дремучего Перу, которого его тётя Люси, мудрая пожилая медведица, посадила «зайцем» на океанский пароход и отправила в Англию на поиски новой жизни, быстро завоевал сердца читателей не только у себя на родине, но и во всём мире. Книги о нём переведены более чем на 40 языков. Самого Майкла Бонда это удивляет – он всегда считал, что Паддингтон слишком «английский» персонаж и приживётся лишь на Британских островах. Но оказалось, что это не так.

И действительно, читать про Паддингтона нам интересно не только потому, что этот медведь обладает исключительным талантом попадать в переделки и с ним никогда не бывает скучно. И не только потому, что Паддингтон – медведь исключительно честный, порядочный, неравнодушный к окружающим. Правда, ему не всегда удаётся с ходу сообразить, что происходит вокруг, но это и понятно: любой, кто оказался в чужой стране, в незнакомой обстановке, будет иногда попадать впросак. А вот по тому, как к этому отнесутся окружающие – с сочувствием или с осуждением, запросто можно понять, достойны ли они называться цивилизованными людьми. Но рассказы про Паддингтона интересны нам ещё и потому, что перуанский медвежонок по воле судьбы оказался в самом что ни на есть «английском» месте. Улица Виндзорский Сад, где он поселился в доме у совершенно типичных англичан с типичной фамилией Брауны, находится в старинном районе неподалёку от центра Лондона.

Жизнь здесь идёт тем порядком, каким шла в британской столице веками. Утром молочник приносит свежее молоко, а почтальон – газету, дети после каникул уезжают в школу-пансион и живут там весь семестр, хозяин дома следит за чистотой каминных труб и подстригает газон, экономка варит английское цитрусовое варенье, которое называется мармелад, а на Рождество печёт особые корзиночки с пряностями и курагой. Вы многое узнаете о традициях, существовавших в Англии раньше и сохраняющихся до сих пор, и вместе с вами об этом будет узнавать и медвежонок, приехавший из Дремучего Перу, где не было ни молочника, ни ванны, а мармелад давали только по праздникам.

Надо сказать, что в этом спокойном, воспитанном районе никто не показывает на Паддингтона пальцем, никто не бурчит, что он эмигрант, да ещё и медведь. Ну медведь, и ладно. Кстати, и лучший друг Паддингтона, антиквар мистер Крубер, тоже эмигрант, вернее, политический беженец из Венгрии, но сближает их не то, что они здесь «чужие», а то, что обоим в этой жизни довелось «попутешествовать» и есть о чём друг другу порассказать. Как раз мистер Крубер и станет нашим главным проводником по английской истории и культуре.

Главный скряга и сквалыга этой книги (а как же без такого!) мистер Карри тоже, к его чести, ворчит на Паддингтона не потому, что тот приехал неизвестно откуда. Он ворчит на всех просто потому, что у него скверный характер. Он терпеть не может, чтобы его хоть как-то беспокоили, а вот сам постоянно суёт нос в чужие дела. И в этом смысле он – тоже очень типичный английский персонаж, похожий на тех, которых описывал в своих романах Чарлз Диккенс.

Так что Майкл Бонд всё-таки ошибся. Нам книга эта во многом дорога именно тем, что она позволяет окунуться в атмосферу настоящей английской жизни. И Паддингтон, которого мудрая тётя Люси научила английскому языку, прекрасно приживается в этой атмосфере – ну а то, что он то и дело становится возмутителем спокойствия, вопрос другой: просто этот медведь совсем не любит сидеть сложа лапы.

Время идёт: в мире появились компьютеры и Интернет, в Лондоне провели Олимпиаду и построили знаменитое колесо обозрения, а жизнь семьи Браунов течёт всё тем же чередом, и неугомонный медвежонок продолжает удивлять нас своими приключениями.

А. Глебовская

Глава первая

«Пожалуйста, позаботьтесь об этом медвежонке»

Мистер и миссис Браун познакомились с Паддингтоном на железнодорожной платформе. Строго говоря, именно потому, что дело было на Паддингтонском вокзале, медвежонку и дали такое удивительное имя.

Брауны приехали встречать свою дочь Джуди, которая возвращалась домой на каникулы. Как и в любой жаркий летний день, на вокзале было полно народу – все спешили к морю. Гудели поезда, сигналили такси, носильщики сновали туда-сюда и орали друг на друга – словом, стоял жуткий гвалт, и мистеру Брауну, который

9

первым заметил Паддингтона, пришлось трижды сказать об этом жене, прежде чем она поняла, в чём дело.

– МЕДВЕДЬ? На Паддингтонском вокзале? – Миссис Браун удивлённо уставилась на мужа. – Глупости, Генри. Этого просто не может быть.

Мистер Браун поправил очки.

– Честное слово – медведь, – не сдавался он. – Я же вижу. Вон там, за почтовыми тюками. На нём ещё страшно смешная шляпа.

Не дождавшись ответа, мистер Браун схватил жену за локоть и стал проталкиваться вперёд. Они обогнули тележку с шоколадками и горячим чаем, книжный лоток, пробрались сквозь наваленные кучей чемоданы и наконец очутились возле бюро находок.

– Вот, смотри! – Мистер Браун торжествующе указал пальцем в самый тёмный угол. – Что я тебе говорил!

Миссис Браун посмотрела туда, куда он показывал, и действительно различила в полутьме какого-то маленького мохнатого зверя. Он сидел на чемодане, а на шее у него висела бирка. Чемодан был старый, потёртый; на одном боку – крупная надпись:

РУЧНАЯ КЛАДЬ

Миссис Браун ухватила мужа за руку.

– Ой, Генри! А ты ведь, кажется, прав. Там действительно медведь. Точнее, медвежонок.

Чтобы разглядеть непонятного зверя, миссис Браун подошла поближе. Таких медведей она ещё никогда не видела. Мех у него был коричневый – довольно грязно-коричневый, надо сказать. На голове, как уже заметил мистер Браун, красовалась нелепая широкополая шляпа. Из-под широких полей на миссис Браун уставились два больших круглых глаза.

Поняв, что от него чего-то ждут, медвежонок встал и вежливо приподнял шляпу. Под ней обнаружились два чёрных уха.

– Добрый день, – сказал он тонким, звонким голоском.

– Э-э... Добрый день, – нерешительно ответил мистер Браун.

Наступила пауза. Медвежонок вопросительно посмотрел на Браунов:

– Может быть, я могу вам чем-то помочь?

– Мм... Пожалуй, нет. Э-э... На самом деле мы хотели узнать, не можем ли мы помочь тебе.

Миссис Браун наклонилась к медвежонку.

– Ведь ты совсем крошечный медведь, – сказала она.

Медвежонок выпятил грудь.

– Я очень редкий медведь, – важно заявил он. – Там, откуда я приехал, нас осталось совсем мало.

– А где это «там»? – поинтересовалась миссис Браун.

Медвежонок тщательно огляделся по сторонам и только потом ответил:

– В Дремучем Перу. Вообще-то я тут не должен быть. Я приехал нелегально!

– Нелегально?!

Мистер Браун понизил голос и испуганно оглянулся. Он, казалось, ожидал увидеть у себя за спиной полицейского, который записывает каждое их слово в блокнот.

— Ага, — подтвердил медвежонок. — Понимаете ли, я эмигрировал. — Глаза его вдруг стали грустными. — Раньше я жил в Перу со своей тётей Люси, но ей пришлось переселиться в дом для престарелых медведей.

— Неужели ты один приехал из самой Южной Америки? — воскликнула миссис Браун.

Медвежонок кивнул.

— Тётя Люси всегда хотела, чтобы я эмигрировал, когда вырасту большой. Поэтому она и научила меня английскому языку.

— Но что же ты ел в дороге? — спросил мистер Браун. — Ты, наверное, умираешь с голоду!

Медвежонок нагнулся, открыл чемодан маленьким ключиком, который тоже висел у него на шее, и вытащил почти пустую стеклянную банку.

— Я ел мармелад, — объяснил он гордо. — Медведи очень любят мармелад[1]. А жил я в спасательной шлюпке.

---

[1] Наш мармелад медвежонку бы, наверное, тоже понравился, но английский мармелад совсем не такой: он больше похож на густое варенье из апельсинов, лимонов и грейпфрутов вперемешку, поэтому и хранят его не в коробках, а в банках, и обязательно едят на завтрак! — *Здесь и далее примеч. перев.*

– А что ты собираешься делать дальше? – поинтересовался мистер Браун. – Нельзя же просто сидеть на Паддингтонском вокзале и ждать, что из этого выйдет.

– Ничего, всё будет в порядке... наверное.

Медвежонок нагнулся закрыть чемодан. Тут миссис Браун бросилась в глаза бирка, которая висела у него на шее. На ней было написано просто и ясно:

Пожалуйста, позаботьтесь об этом медвежонке. Благодарю вас.

Миссис Браун в растерянности обернулась к мужу:

– Генри, что же делать? Его ни в коем случае нельзя оставлять здесь одного! Кто знает, что может случиться! Лондон такой огромный город, особенно если тебе некуда пойти. Может быть, он немножко поживёт у нас?

Мистер Браун неуверенно возразил:

– Но, Мэри, милая моя, мы не можем просто его забрать... Вот так, сразу... В конце концов...

– В конце концов, что? – В голосе миссис Браун появились твёрдые нотки. Она снова посмотрела на медвежонка. – Он такой славный. Увидишь, он быстро подружится с Джонатаном и Джуди. Ну, хоть ненадолго. Они нам никогда не простят, если узнают, что мы бросили его здесь.

– Но это же совсем ни на что не похоже, – сказал мистер Браун с тревогой. – Я уверен, что мы нарушаем закон. – Он склонился к медвежонку. – Не хотел бы ты погостить у нас? – спросил он и поспешно добавил, чтобы тот не обиделся: – Разумеется, если у тебя пока нет никаких других планов.

Медвежонок подпрыгнул от радости, и его шляпа чуть не свалилась на землю.

– О-о-о-о, с удовольствием! Спасибо большое! А то мне совсем некуда деваться. И все вокруг так спешат...

– Ну и отлично, – объявила миссис Браун, не давая мужу времени передумать. – Мы каждый день будем давать тебе мармелад на завтрак, и ещё... – Она лихорадочно пыталась сообразить, что же ещё любят медведи.

– КАЖДЫЙ ДЕНЬ? – Медвежонок, похоже, не поверил своим ушам. – Дома я ел его только по праздникам. В Дремучем Перу мармелад очень дорого стоит.

– Ну а у нас ты будешь есть его каждое утро, начиная с завтрашнего

15

дня, – пообещала миссис Браун. – И ещё мёд по воскресеньям...

На мордочке у медвежонка вдруг появилось озабоченное выражение.

– А это будет дорого стоить? – спросил он. – Видите ли, у меня не очень много денег.

– Помилуй, да мы не станем брать с тебя никаких денег. Ты будешь как будто членом нашей семьи. Правда, Генри?

Миссис Браун обернулась к мужу, ища поддержки.

– Ну разумеется, – подтвердил мистер Браун. – Кстати, если ты собираешься погостить у нас, не мешало бы познакомиться. Это миссис Браун, а я – мистер Браун.

Медвежонок дважды вежливо приподнял шляпу.

– У меня вообще-то нет имени, – сказал он. – Вернее, есть, но это перуанское имя, и его никто не понимает.

– Тогда надо придумать тебе английское имя, – решила миссис Браун, – и всё сразу встанет на свои места. – Она поглядела вокруг, не подвернётся ли чего подходящего. – Это должно быть очень звучное имя, – произнесла она задумчиво.

В этот момент паровоз, стоявший у платформы, громко засвистел и выпустил густое облако пара.

– Придумала! – воскликнула миссис Браун. – Мы будем звать тебя Паддингтон, потому что нашли на Паддингтонском вокзале.

– Паддингтон? – Медвежонок повторил несколько раз, чтобы как следует запомнить. – Очень длинное имя, правда?

– Звучит весьма солидно, – одобрил мистер Браун. – Да, имя Паддингтон мне нравится. Пусть будет Паддингтон.

Миссис Браун выпрямилась.

– Ну вот и хорошо. А теперь, Паддингтон, я должна пойти на платформу и встретить с поезда нашу дочку Джуди. Она сегодня возвращается из школы[1]. А мистер Браун тем временем отведёт тебя в буфет и напоит чаем – ведь тебе, наверное, очень хочется пить после такого длинного путешествия?

Паддингтон облизал губы.

– Ужасно хочется, – признался он. – От морской воды всегда хочется пить.

---

[1] В Англии очень много школ, в которых ребята живут весь учебный год, возвращаясь домой только на каникулы. Похоже на наши школы-интернаты, только у нас такие школы – необходимость, а в Англии – традиция.

17

Он взял чемодан, поглубже нахлобучил шляпу и вежливо махнул лапкой в сторону буфета:

— После вас, мистер Браун.

— Э-э... Спасибо, Паддингтон, — ответил мистер Браун.

— Генри, смотри за ним хорошенько! — крикнула вслед миссис Браун. — И очень тебя прошу, улучи минутку и сними с него эту бирку. А то он похож на рюкзак. Как бы какой недогадливый носильщик не засунул его по ошибке в товарный вагон!

В буфете было полно народу, но мистеру Брауну удалось найти в уголочке столик для двоих. Стоя на стуле, Паддингтон как раз доставал до стеклянной крышки стола и мог удобно положить на неё лапы. Пока мистер Браун ходил за чаем, медвежонок с интересом осматривался. Все кругом жевали, и это напомнило ему, как сильно он проголодался. На столе лежала недоеденная булочка, но только он протянул к ней лапу, подошла официантка и смахнула булочку в ведро.

— Не станешь же ты её есть, лапушка, — сказала она ласково и погладила медвежонка. — Она где только не валялась!

Паддингтон так сильно хотел есть, что ему в общем-то было всё равно, где она валялась, но он из вежливости промолчал.

— Ну, Паддингтон, — сказал мистер Браун, ставя на стол две чашки, от которых шёл пар, и целую тарелку пирожных, — что ты на это скажешь?

У Паддингтона засверкали глаза.

— Ух ты! Огромное спасибо! — воскликнул он, а потом с сомнением покосился на чай. — Только из чашки очень трудно пить. У меня всегда или голова застревает, или шляпа падает в чай, и он делается невкусным...

Мистер Браун подумал и нашёл выход:

— Тогда дай пока свою шляпу мне, а чай я налью в блюдечко. Это вообще-то не принято в приличном обществе, но полагаю, на первый раз нас простят.

Паддингтон снял шляпу и аккуратно положил на столик, а мистер Браун налил ему чай в блюдце. Медвежонок не сводил глаз с пирожных, особенно с того, которое мистер Браун положил на его тарелочку, — очень большого, с кремом и вареньем.

— Ешь, Паддингтон, — любезно предложил мистер Браун. — К сожалению, пирожных с мармеладом у них не было, но это дело наживное.

– Я очень рад, что эмигрировал, – заявил Паддингтон, дотянулся до тарелочки и придвинул её поближе. – Как вы думаете, ничего, если я встану на стол?

Прежде чем мистер Браун успел ответить, он взобрался на стол и решительно ухватил правой лапой своё пирожное. Пирожное было громадное – самое большое и липкое из всех, что продавались в буфете. В мгновение ока почти весь крем оказался у Паддингтона на мордочке. Вокруг начали шушукаться и подталкивать друг друга локтями. Мистер Браун очень жалел, что не выбрал простую булочку, без крема, но он пока ещё плохо разбирался в медвежьих повадках. Он помешал чай и принялся смотреть в окно, словно всю жизнь только тем и занимался, что пил с медведями чай на Паддингтонском вокзале.

– Генри!

Голос жены немедленно вернул мистера Брауна на землю. Он вздрогнул.

– Генри, что ты натворил с несчастным мишуткой? Ты только посмотри на него! Он весь перемазался кремом и вареньем!

Мистер Браун от растерянности вскочил.

– Он, кажется, очень проголодался, – стал он оправдываться.

Миссис Браун повернулась к дочери:

— Вот так всегда, стоит мне на пять минут оставить твоего отца без присмотра.

Джуди от восторга захлопала в ладоши:

— Ой, папа, а он правда будет жить у нас?

— Если он будет жить у нас, — заявила миссис Браун, — я больше ни за что не доверю его твоему папочке. Полюбуйся, на что он похож!

Паддингтон слишком увлёкся пирожным и совсем не замечал, что происходит вокруг, но вдруг до него дошло, что разговор идёт о нём. Он поднял глаза и увидел, что рядом с миссис Браун стоит и улыбается голубоглазая девочка с длинными белокурыми волосами. Паддингтон вскочил, чтобы приподнять шляпу, но второпях поскользнулся в лужице клубничного варенья, которая неизвестно каким образом появилась на стеклянном столике. На мгновение ему показалось, что всё вокруг перевернулось вверх тормашками. Он отчаянно замахал лапами и, прежде чем его успели подхватить, плюхнулся в своё блюдце с чаем. Впрочем, вскочил Паддингтон даже быстрее, чем сел, потому что чай ещё не успел остыть. И тут же угодил задней лапой в чашку мистера Брауна.

Джуди запрокинула голову и расхохоталась так, что слёзы выступили на глазах.

– Мама, до чего же он смешной! –
воскликнула она.

Паддингтон не видел в этом ничего смешного. Он стоял одной лапой на столе, другой в чашке мистера Брауна. Вся его мордочка была перемазана кремом, а с левого
уха стекала струйка клубничного варенья.

– Кто бы подумал, что можно натворить
такое всего с одним пирожным, – подиви-
лась миссис Браун.

Мистер Браун кашлянул. Ему очень не понравилось, как смотрит на них официантка.

– Пожалуй, нам пора, – проговорил он. – Пойду поищу такси.

Он подхватил вещички Джуди и поскорее вышел.

Паддингтон осторожно слез со стола, бросил прощальный взгляд на липкие развалины пирожного и спрыгнул на пол.

Джуди взяла его за лапу.

– Ну, пошли, Паддингтон. Сейчас приедем домой и немедленно устроим тебе горячую ванну. А потом ты мне всё-всё-всё расскажешь про Южную Америку. У тебя, наверное, было столько замечательных приключений!

– Целая куча, – с готовностью согласился Паддингтон. – Со мной всё время что-нибудь приключается. Такой уж я медведь.

Они вышли на улицу. Выяснилось, что мистер Браун уже поймал такси и машет им рукой через дорогу. Шофёр мрачно оглядел сначала Паддингтона, а потом свои аккуратные, чистенькие сиденья.

– За медведей шесть пенсов доплаты, – проворчал он. – А за липких медведей – девять!

– Видите ли, он не виноват, – пояснил мистер Браун. – Он просто влип в историю.

Водитель поразмыслил.

– Ну ладно, влезайте. Но салон мне, чур, не пачкать. Я только сегодня всё надраил.

Брауны покорно забрались в машину. Джуди, мистер и миссис Браун теснились на заднем сиденье, а Паддингтон стоял на откидном стульчике за спиной у водителя, чтобы лучше было видно.

Ярко светило солнышко. После мрака и толчеи вокзала всё вокруг казалось весёлым и нарядным. На автобусной остановке толпился народ, и Паддингтон замахал лапой. Многие удивлённо вытаращили глаза, а один дяденька даже приподнял шляпу.

Паддингтон совсем повеселел. Просидев столько недель в спасательной шлюпке один-одинёшенек, он соскучился по новым впечатлениям. А тут везде были люди, автомобили, пузатые красные автобусы[1] – совсем не так, как в Дремучем Перу.

Одним глазом Паддингтон смотрел в окно, чтобы ничего не пропустить, а другим разглядывал Браунов. Толстый и жизнерадостный мистер Браун носил очки и большущие усы. Миссис Браун, тоже довольно пухленькая, выглядела точь-в-точь как Джуди, только была побольше размером. Паддингтон как раз окончательно решил, что ему понравится у них жить, когда в стеклянной перегородке, отделявшей водителя от пассажиров, открылось окошечко и хриплый голос произнёс:

– Куда, вы сказали, вам надо?

Мистер Браун наклонился вперёд:

– Виндзорский Сад, дом тридцать два.

Шофёр приставил ладонь к уху.

– Чего? Не слышу! – заорал он.

---

[1] Красные двухэтажные автобусы – отличительная черта Лондона. Ещё их называют «даблдекеры», то есть «двухпалубные». Наверное, кроме Англии, таких автобусов больше нигде нет – а уж в Дремучем Перу и подавно!

Паддингтон постучал его по плечу и повторил:

– Виндзорский Сад, дом тридцать два.

Услышав голос Паддингтона, водитель подскочил, и машина чуть не врезалась в автобус. Потом он глянул на своё плечо и окончательно вышел из себя.

– Крем! – проговорил он свирепо. – На моей новенькой тужурке!

Джуди захихикала, а её родители переглянулись. Мистер Браун с опаской покосился на счётчик, точно ждал, что там выскочат ещё шесть пенсов доплаты.

– Ой, простите, – извинился Паддингтон.

Он нагнулся и попытался стереть пятно другой лапой. Помимо крема, на тужурке таинственным образом появились крошки песочного теста и подтёки варенья. Шофёр смерил Паддингтона долгим суровым взглядом, Паддингтон приподнял шляпу, и шофёр сердито захлопнул окошко.

– Ай-ай-ай, – сказала миссис Браун. – Как приедем, Паддингтона прямиком в ванну. А то он всё кругом перемажет.

Паддингтон призадумался. Не то чтобы он не любил мыться, но ведь не каждый день удаётся вымазаться кремом и вареньем; жалко так вот сразу всё смывать. Но он не успел додумать до конца, потому что такси остановилось и Брауны стали вылезать. Паддингтон подхватил чемодан и следом за Джуди поднялся по белым ступенькам к большой зелёной двери.

— Сейчас ты познакомишься с миссис Бёрд, — предупредила Джуди. — Она ведёт у нас хозяйство. Она часто сердится и ворчит, но на самом деле очень добрая. Она тебе понравится, вот увидишь.

Паддингтон почувствовал, что у него задрожали коленки. Он оглянулся в поисках мистера и миссис Браун, но они о чём-то спорили с шофёром такси. За дверью раздались шаги.

— Она мне обязательно понравится, раз ты так говоришь, — пробормотал Паддингтон, косясь на своё отражение в ярко начищенном почтовом ящике. — Только понравлюсь ли ей я?

Глава вторая

Мокрая история

Пока миссис Бёрд открывала дверь, Паддингтон успел приготовиться к самому худшему. Однако его ждал приятный сюрприз: на пороге появилась полная домовитая женщина с седыми волосами и добродушным огоньком в глазах. Увидев Джуди, она всплеснула руками и в ужасе закричала:

— Как, ты уже приехала? А я только-только кончила мыть посуду! Ты ведь небось чаю хочешь?

— Здравствуйте, миссис Бёрд, — отозвалась Джуди. — Рада вас видеть. Как ваш ревматизм?

– Хуже некуда... – начала было миссис Бёрд, но тут заметила Паддингтона. – А это ещё что такое? – удивилась она. – Что это ты притащила?

– Это не *что*, – поправила Джуди. – Это медведь. Его зовут Паддингтон.

Паддингтон приподнял шляпу.

– Медведь, – недоверчиво повторила миссис Бёрд. – Гм... что ж, во всяком случае, вести себя он умеет. Ничего не скажешь.

– Он пока поживёт у нас, – доложила Джуди. – Он эмигрировал из Южной Америки, и ему совершенно некуда деваться.

– Поживёт у нас? – снова всплеснула руками миссис Бёрд. – А как долго?

Джуди загадочно поглядела по сторонам и только потом ответила:

– Трудно сказать. Там видно будет.

– С ума сойти! – воскликнула миссис Бёрд. – Хоть бы заранее предупредили. Я поменяла бы бельё в комнате для гостей, да и вообще приготовилась... – Она ещё раз оглядела Паддингтона. – Хотя сейчас он в таком виде, что бельё, пожалуй, менять не стоит.

– Я сию минутку вымоюсь, миссис Бёрд, – заверил её Паддингтон. – Я не всегда такой. Просто я влип в одну пирожную историю...

— А-а... — Миссис Бёрд распахнула дверь. — Ну, тогда милости просим. Только не по ковру, пожалуйста, я его только что вычистила.

Джуди ободряюще пожала медвежонку лапу.

— Всё в порядке, — шепнула она. — Похоже, ты ей понравился!

Паддингтон посмотрел в спину уходящей миссис Бёрд.

— И всё-таки она немножко сердитая, — сказал он.

Миссис Бёрд резко обернулась:

— Что ты сказал?

Паддингтон так и подпрыгнул.

— Я... я... — залепетал он.

— Откуда, говоришь, ты приехал? Из Перу?

— Угу, — подтвердил Паддингтон. — Из Дремучего Перу.

— Хм! — Миссис Бёрд на мгновение задумалась. — Тогда, полагаю, ты любишь мармелад. Надо будет купить немного про запас.

— Вот видишь! Что я тебе говорила? — воскликнула Джуди, когда за миссис Бёрд захлопнулась дверь. — Ты ей точно понравился!

– И откуда она знает, что я люблю мармелад? – подивился Паддингтон.

– Миссис Бёрд всегда всё знает, – объяснила Джуди. – Ну а теперь пошли наверх, я покажу тебе твою комнату. Я в ней жила, когда была маленькая, и там на стенах много картинок с медведями, так что ты сразу почувствуешь себя как дома.

Не переставая болтать, она повела медвежонка вверх по лестнице. Паддингтон всё время жался к стенке, чтобы не наступить ненароком на ковёр.

– Это ванная, – показывала Джуди. – А вот моя комната. Вон там комната Джонатана, это мой брат, ты его скоро увидишь. Это мамина и папина спальня. – Она открыла дверь. – Ну а тут будешь жить ты.

Паддингтон так удивился, что чуть не упал. Он в жизни не видел такой огромной комнаты! У стены стояла большая кровать под белым покрывалом, комод и зеркало. Джуди выдвинула один ящик:

– Вот сюда можешь сложить свои вещи.

Паддингтон посмотрел на ящик, потом на свой чемодан.

– У меня совсем мало вещей, – пожаловался он. – Все почему-то думают, что, если ты маленький, тебе ничего не нужно.

– Ну, этому горю мы попробуем помочь, – бодро сказала Джуди. – Я попрошу маму взять тебя в поход по магазинам. – Она присела на корточки. – Давай я помогу тебе устроиться.

– Спасибо. – Паддингтон вставил ключик в замок. – Только тут и помогать-то нечего. Вот банка из-под мармелада, там осталось чуть-чуть на донышке, но от неё очень пахнет водорослями. Вот мой дневник. А это сентаво, южноамериканские мелкие монетки.

– Ух ты! – восхитилась Джуди. – Никогда таких не видела. А как они блестят!

– Это потому, что я их часто чищу, – пояснил Паддингтон. – И никогда не трачу.

Он вытащил из чемодана помятую фотографию:

– А это моя тётя Люси. Она сфотографировалась перед тем, как переселиться в дом для престарелых медведей в Лиме.

– Какая милая! – восхитилась Джуди. – И наверное, страшно умная... – Увидев, что Паддингтон сразу погрустнел, она поспешно переменила тему. – Ну ладно, я пойду вниз, а ты полезай в ванну и как следует вымойся. Там два крана – один с горячей водой, другой с холодной[1]. Мыло есть, чистое полотенце тоже. Да, и ещё щётка, чтобы тереть спину.

– Как всё сложно, – вздохнул Паддингтон. – А можно, я просто побрызгаю на себя водичкой?

– Ох, боюсь, миссис Бёрд это совсем не понравится! – расхохоталась Джуди. – Да, не забудь отмыть уши. Они у тебя совсем чёрные.

– Они и должны быть чёрные! – возмутился Паддингтон, но Джуди уже закрыла дверь.

Медвежонок забрался на табуретку и выглянул в окно. Внизу он увидел большущий сад, прудик и деревья, на которые так и тянуло влезть. За деревьями виднелись другие дома. Паддингтон подумал, как хорошо жить в таком славном месте. Но пока он думал, стекло запотело и ничего не стало видно. Тогда он попытался написать на стекле своё новое имя и впервые пожалел, что оно такое длинное и трудное: на всё не хватило места, а то, что поместилось, выглядело как-то странно.

---

[1] Это ужасно неудобно! Чтобы умыться, приходится набирать полную раковину воды и окунать туда мыльные руки. А как их потом сполоснуть?.. Но англичане привыкли и по-другому просто не умеют.

– Всё равно это очень солидное имя, – проговорил он, глядя на себя в зеркало. – Много ли найдётся на белом свете медведей по имени Паддингтон!

Знал бы он, что те же самые слова Джуди говорит в эту минуту своему папе! В столовой шёл военный совет, и мистер Браун был близок к капитуляции. Первой оставить Паддингтона предложила Джуди. На её сторону немедленно встал не только Джонатан, но и миссис Браун. Джонатан, правда, ещё не видел Паддингтона, но мысль о том, что в доме будет жить настоящий живой медведь, привела его в полный восторг. Разве можно было упустить такой случай!

– Но не выгонять же его теперь на улицу, Генри, – доказывала своё миссис Браун. – Это было бы попросту невежливо!

Мистер Браун вздохнул. Он чувствовал, что пора сдаваться. Да говоря по совести, ему и самому не меньше других хотелось, чтобы Паддингтон поселился в их доме. Просто, как глава семьи, он считал, что не вправе принимать поспешные решения.

– Мы ведь сначала должны, наверное, куда-нибудь сообщить... – начал он.

– Что ты, папа! – испугался Джонатан. – Да его в два счёта арестуют за то, что он приехал нелегально!

Миссис Браун отложила вязанье:

– Джонатан прав, Генри. Мы не можем допустить, чтобы мишутку арестовали. Он ведь не сделал ничего дурного. Ну приехал в спасательной шлюпке, ну и что?

– Ну хорошо, а как быть с карманными деньгами? – из последних сил сопротивлялся мистер Браун. – Представления не имею, сколько карманных денег полагается медведю.

– Пусть будет полтора шиллинга в неделю, как у Джонатана и Джуди, – решила проблему миссис Браун[1].

Чтобы выиграть время, мистер Браун принялся раскуривать трубку.

– Ну ладно, – сказал он наконец. – Только сначала надо узнать, что об этом думает миссис Бёрд.

Комнату огласил победный вопль.

---

[1] Теперь-то английские деньги очень просто считать: в одном фунте сто пенсов, почти как у нас. А вот до 1971 года всё было куда сложнее: двенадцать пенсов составляли один шиллинг, а двадцать шиллингов – один фунт. Полтора шиллинга (шиллинг и шесть пенсов) – это, конечно, не очень много, но на сласти и мелкие удовольствия вполне достаточно!

– Вот ты у неё и спросишь, – решила миссис Браун, когда установилась тишина, – раз уж тебе это первому пришло в голову.

Мистер Браун кашлянул. В глубине души он побаивался миссис Бёрд и не брался предсказать, как она воспримет такую новость. Он хотел было предложить оставить это дело на потом, но тут вошла сама миссис Бёрд с чашками и блюдцами на подносе. Она приостановилась и окинула взглядом застывшие физиономии.

– Полагаю, вы хотите сообщить мне, что мишка Паддингтон теперь будет жить с нами, – проговорила она.

– А можно, миссис Бёрд? – вскочила Джуди. – Он будет хорошо-хорошо себя вести!

– Хм... – Миссис Бёрд опустила поднос на стол. – Это уж там видно будет. У каждого свои понятия о том, что значит «хорошо себя вести». Впрочем, у этого медведя, – она помедлила у двери, – кажется, понятия вполне правильные...

– Так вы не против, миссис Бёрд? – спросил мистер Браун.

Миссис Бёрд поразмыслила для виду.

– Нет. Нет, отчего же? Признаться, я и сама очень люблю медведей. Пусть уж живёт.

— Ну и ну! — выдохнул мистер Браун, когда закрылась дверь. — Кто бы мог подумать!

— Это всё потому, что он снял шляпу, когда здоровался, — объяснила Джуди. — Миссис Бёрд любит вежливых.

Миссис Браун снова взялась за спицы.

— Надо, наверное, написать его тёте Люси. Она обрадуется, когда узнает, что с ним всё в порядке. — Миссис Браун обернулась к Джуди. — Я думаю, лучше всего написать вам с Джонатаном.

— Да, кстати, — спохватился мистер Браун, — а где Паддингтон? Всё ещё в своей комнате?

Джуди, которая искала в столе листок бумаги, подняла голову:

— Ничего, не беспокойтесь. Он в ванной.

— В ванной? — заволновалась миссис Браун. — Сам по себе? Но он ещё слишком мал для этого!

— Да ладно тебе, Мэри. — Мистер Браун устроился в кресле и развернул газету. — Он небось на седьмом небе от счастья.

Надо сказать, мистер Браун почти угадал. Паддингтон действительно был на седьмом небе от счастья, только не совсем так, как это представляли внизу. Не ведая, что в этот момент решается его судьба, он сидел на полу и выдавливал из тюбика крем для бритья, пытаясь изобразить карту Южной Америки.

Паддингтон любил географию, точнее, то, что сам считал географией, – ездить по свету и смотреть на разных людей. Перед путешествием из Южной Америки в Англию тётя Люси, старая многомудрая медведица, поведала ему всё, что знала сама. Она часами рассказывала про земли, которые ему доведётся увидеть, и читала про людей, которые там живут.

Паддингтон проехал почти полсвета, поэтому карта заняла чуть ли не весь пол, и на неё ушёл чуть ли не весь крем мистера Брауна. Впрочем, немного осталось – как раз чтобы снова написать своё новое имя. После нескольких неудачных попыток медвежонок вывел *Падинктун*. Вышло очень солидно.

Но тут на нос ему упала большая капля, и он понял, что ванна наполнилась до краёв. Вздохнув, Паддингтон влез на табуретку, зажмурился, зажал нос лапой и нырнул. Ванна оказалась куда глубже, чем он думал. Даже встав на цыпочки, он едва мог высунуть нос из тёплой мыльной пены.

И тут на медвежонка обрушился первый удар. Влезть-то в ванну было легко, а вот

попробуй-ка вылези, когда из воды торчит только кончик носа, задние лапы скользят, а мыло лезет в глаза. Он даже не мог дотянуться до крана и выключить воду.

Тогда он попробовал позвать на помощь, сперва совсем тихо, а потом во весь голос:

СПАСИТЕ!!! ПОМОГИТЕ!!!

Прошло несколько минут, но помощь не пришла. И тут Паддингтона осенила спасительная идея. Шляпа! Шляпа на голове! Он снял её и принялся вычерпывать воду.

В шляпе обнаружилось несколько дыр – это была очень старая шляпа, когда-то её носил ещё Паддингтонов дядя, но если вода и не убывала, то, по крайней мере, не прибывала.

– Ой-ой-ой! – Мистер Браун вскочил с кресла, потирая лоб. – Кажется, на меня что-то капнуло!

– Глупости, дорогой. Тебе показалось, – ответила миссис Браун, не поднимая головы от вязанья.

Мистер Браун проворчал что-то и снова уткнулся в газету. Он голову бы дал на отсечение, что на него действительно капнуло, но спорить не имело смысла. Он с подозрением покосился на Джонатана и Джуди, но они усердно писали письмо.

– Какую марку нужно на конверт в Лиму? – поинтересовался Джонатан.

Джуди открыла было рот, но тут с потолка упала вторая капля, прямиком на стол.

– Караул! – Джуди выскочила из-за стола и потянула за собой Джонатана. На потолке, прямо *над* их головами и *под*

40

ванной расплывалось зловещее мокрое пятно.

– Вы куда, ребятки? – спросила миссис Браун.

– Наверх, проведать Паддингтона. – Джуди выпихнула брата из комнаты и захлопнула дверь.

– Ты чего? – удивился Джонатан. – В чём дело?

– Паддингтон! – воскликнула Джуди и, перепрыгивая через три ступеньки, понеслась наверх. – С ним что-то случилось!

Она принялась колотить в дверь ванной.

– У тебя всё в порядке, Паддингтон? – кричала она. – Нам можно войти?

– Спасите! Помогите! – отвечал Паддингтон. – Войдите, пожалуйста! Я, кажется, тону!

– Ой, Паддингтон, – Джуди помогла брату извлечь из ванны мокрого и насмерть перепуганного мишутку, – ой, Паддингтон, слава богу, ты цел!

Паддингтон рухнул на мокрый пол.

– Какое счастье, что со мной была шляпа, – пробулькал он. – Тётя Люси была права, когда велела мне никогда с ней не расставаться!

– Но почему же ты не вытащил затычку, глупенький? – спросила Джуди.

– Затычку? – ошарашенно повторил медвежонок. – Я... я об этом просто не подумал...

Джонатан поглядел на Паддингтона с большим уважением.

– Вот это да! – сказал он. – Ну и разгром! Такого даже мне не учинить!

Паддингтон огляделся. Карта Южной Америки, на которую попала вода, превратилась в хлопья белой пены.

– Тут действительно не совсем того, – согласился он. – Не понимаю, как это получилось...

– Не совсем того!.. – Джуди поставила его на задние лапки и завернула в полотенце. – Паддингтон, пока мы не наведём тут порядок, нам и носа нельзя вниз показывать! Прямо не знаю, что скажет миссис Бёрд!

– Зато я знаю, – вздохнул Джонатан. – Примерно то же самое, что говорит мне в таких случаях.

Джуди взялась за тряпку.

– А ты вытрись поскорее, иначе простудишься.

Паддингтон стал послушно тереть нос полотенцем.

– А я и вправду стал гораздо чище, – заметил он, глядя в зеркало. – По-моему, это вообще не я!

Это была сущая правда. Его шёрстка, ставшая из грязно-коричневой нежно-шоколадной, стояла дыбом, как новенькая щётка, только была гораздо мягче. Нос блестел, а на ушах не осталось и следа крема с вареньем. Словом, перемена была так разительна, что, когда он вошёл в столовую, все притворились, что не узнают его.

– Вы от зеленщика? Чёрный ход с другой стороны, – пробурчал мистер Браун, не отрываясь от газеты.

Миссис Браун опустила вязанье.

– Боюсь, вы ошиблись адресом, – сказала она. – Это тридцать второй дом, не тридцать четвёртый.

Даже Джонатан и Джуди сделали вид, что не узнали его. Паддингтон уже не на шутку встревожился, но тут они дружно расхохотались и наперебой стали восхищаться, каким он стал аккуратным, опрятным и симпатичным медведем.

Его усадили в уютное креслице у камина. Миссис Бёрд принесла чайник и целую тарелку горячего поджаренного хлеба.

– Ну, Паддингтон, – сказал мистер Браун, когда все расселись, – расскажи-ка нам о своём путешествии в Англию!

Паддингтон откинулся в кресле, смахнул с мордочки крошки, заложил передние лапы за голову, а задние протянул к огню. Он любил, когда его слушают, особенно если тепло и мир такой уютный и приветливый.

– Я родился в Дремучем Перу, – начал он. – Воспитывала меня тётя Люси. Но потом ей пришлось переселиться в дом для престарелых медведей...

Он задумчиво прикрыл глаза.

Все с нетерпением ждали продолжения, но его всё не было и не было. Наконец мистер Браун не выдержал и громко кашлянул.

— Не очень длинная у тебя вышла история, — сказал он.

Он нагнулся и пощекотал Паддингтона трубкой.

— Ах вот оно что! Да наш мишка попросту заснул!

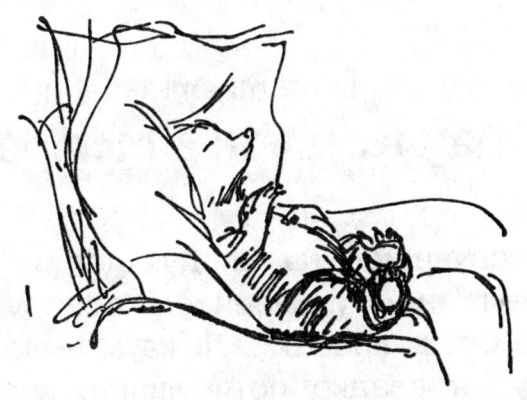

Глава третья

Паддингтон в метро

Проснувшись на следующее утро, Паддингтон с удивлением обнаружил, что лежит в кровати. Лежать было удобно, поэтому он сладко потянулся и засунул голову под одеяло. Потом поелозил задними лапами и нащупал местечко попрохладнее. Кровать была такая широкая, что в неё влез бы и десяток маленьких медведей.

Через некоторое время Паддингтон высунулся из-под одеяла и потянул носом. Пахло чем-то очень вкусным, причём всё сильнее и сильнее. На лестнице послышались шаги. Потом в дверь постучали, и миссис Бёрд спросила:

– Ты проснулся, мишка-медведь?

– Почти, – отозвался Паддингтон, протирая глаза.

Дверь отворилась.

– Ах ты, соня, – проговорила миссис Бёрд и, поставив на кровать поднос, отдёрнула занавеску. – Между прочим, завтрак в постель, да ещё в будний день, приносят только самым почётным гостям!

Паддингтон жадно глядел на поднос. Там была половинка грейпфрута, яичница с ветчиной, гренки и целая банка мармелада, не говоря уж о большой чашке чаю.

– И это всё – мне? – недоверчиво спросил медвежонок.

– Не хочешь есть – давай уберу, – сказала миссис Бёрд.

– Ну уж нет, – решительно заявил Паддингтон. – Просто я ещё никогда не видел такого огромного завтрака!

– Ешь побыстрее, – предупредила миссис Бёрд, – потому что миссис Браун с Джуди собираются за покупками и хотят взять тебя с собой. Ну а я, слава богу, остаюсь дома!

«Интересно, почему "слава богу"?» – недоумевал Паддингтон. Впрочем, недоумевал он недолго – ему было совсем не до того. Он ещё никогда не завтракал в постели, и это оказалось не так-то просто. Началось всё с грейпфрута. Всякий раз, когда

он тыкал в него ложкой, оттуда выстреливал сок, который немилосердно щипал глаза. Сражаясь с грейпфрутом, он не спускал глаз с яичницы, боясь, что она остынет. А потом, надо было ведь оставить местечко и для мармелада.

В конце концов Паддингтон решил, что проще всего будет сложить всё в одну тарелку, а самому сесть на поднос.

Джуди, которая вошла в комнату через несколько минут, застала его восседающим среди тарелок и блюдец.

— Паддингтон, что ты делаешь? — воскликнула она. — Давай скорее, мы ждём внизу.

По мордочке Паддингтона было разлито невыразимое блаженство, которое, правда, не так-то легко было разглядеть под слоем крошек и яичного желтка. Он попытался ответить, но из набитого рта вылетело только придушенное «щасиду».

— Ну и ну! — Джуди вытерла ему мордочку носовым платком. — Первый раз вижу такого мишку-замарашку! Идём скорее, а то пропустишь самое интересное. Мы едем в магазин, в «Баркридж», и мама обещала одеть тебя с ног до головы. Я сама слышала. Ну, причёсывайся, и пошли.

Когда за Джуди закрылась дверь, Паддингтон осмотрел поднос. Поработал он на совесть, но оставался ещё ломоть ветчины, который жалко было так вот взять и бросить. Поразмыслив, Паддингтон сунул его в чемодан на случай, если вдруг проголодается.

Потом он побежал в ванную, поплескался в тёплой воде, причесал усы и явился в гостиную – не такой чистый, как накануне, но всё-таки вполне приличный.

– Надеюсь, шляпу свою ты оставишь дома? – спросила миссис Браун.

– Но почему, мама? – вступилась Джуди. – Она такая... необыкновенная!

– Это уж точно, – хмыкнула миссис Браун. – В жизни ничего подобного не видела! Что это за фасон, хотела бы я знать?

– Это сомбреро, – горделиво пояснил Паддингтон. – Оно спасло мне жизнь.

– Спасло жизнь? – удивилась миссис Браун. – Какая нелепица! Как может сомбреро спасти жизнь?

Паддингтон хотел было рассказать о вчерашнем приключении в ванной, но Джуди вовремя пихнула его локтем и замотала головой.

– А... ну... это очень длинная история, – пробормотал медвежонок, смутившись.

– Ну ладно, расскажешь в другой раз, – решила миссис Браун. – Пошли.

Паддингтон подхватил чемодан и побежал к двери. Вдруг миссис Браун остановилась и принюхалась.

– Ничего не понимаю, – сказала она. – Сегодня отовсюду пахнет ветчиной. Ты чувствуешь, Паддингтон?

Паддингтон вздрогнул, виновато спрятал чемодан за спину и потянул носом. Надо сказать, что на разные случаи жизни у него было заготовлено несколько специальных выражений. Задумчивое – взгляд устремлён в пространство, подбородок подпёрт лапой. Невинное – то есть отсутствие всяческого выражения. Этим-то выражением он и решил воспользоваться.

– Чувствую, – сказал он честно, потому что вообще был правдивым медведем. И добавил куда менее правдиво: – Хотел бы я знать, откуда это так пахнет?

– На твоём месте, – шепнула Джуди по дороге к метро, – я бы поаккуратнее укладывала чемодан!

Паддингтон посмотрел вниз. Кусок ветчины вылез из щели в боку и волочился по земле.

– Брысь! – прикрикнула миссис Браун на лохматого пса, который галопом прискакал с другой стороны улицы. Паддингтон замахнулся на него чемоданом.

– Иди, иди, пёс-барбос, – сказал он суровым тоном.

Пёс выразительно облизнулся. Паддингтон посмотрел на него через плечо и зашагал дальше, стараясь ни на шаг не отставать от Джуди и миссис Браун.

Миссис Браун тяжело вздохнула.

– Знаете, у меня такое чувство, что сегодня случится что-нибудь *эдакое*, – пожаловалась она. – Паддингтон, у тебя никогда не бывает такого чувства?

Паддингтон поразмыслил.

– Иногда бывает, – ответил он неопределённо. И тут они вошли в метро.

Честно говоря, в первый момент метро слегка разочаровало медвежонка. Ему пришлись по душе шум, толчея и тёплый, особенный запах внутри, но вот билет абсолютно не оправдал его ожиданий.

Он огорчённо вертел в лапках зелёный кусочек картона.

– Целых четыре пенса за такую штуку? – недоумевал он.

Касса-автомат так занятно жужжала и щёлкала, когда печатала билет, а в результате получилась вовсе не интересная бумажка. Просто глупо было тратить на неё четыре пенса.

– Понимаешь, Паддингтон, – принялась объяснять миссис Браун, – билет нужен, чтобы войти внутрь. Иначе не пустят...

Голос её звучал встревоженно. В глубине души она уже жалела, что не отложила поездку на часик-другой, когда схлынет толпа. Кроме того, что-то странное происходило с собаками. Штук шесть разномастных псов вбежали следом за ними в вестибюль станции. Миссис Браун не могла отделаться от мысли, что это Паддингтоновы проделки, но, когда ей удалось поймать его взгляд, полный простодушия и невинности, она устыдилась своих мыслей.

– На самом деле, – сказала она, вставая на эскалатор, – наверное, тебя следует взять на руки. Там написано, что собак полагается держать на руках, – медведей, наверное, тоже...

Паддингтон не ответил. Он слишком увлёкся. Хотя высокий поручень мешал смотреть по сторонам, то немногое, что он видел, привело его в неописуемое возбуждение. Он и не подозревал, что бывает столько людей сразу. Они бежали вниз и топали вверх по эскалатору. Все куда-то спешили. Очутившись в тоннеле, Паддингтон застрял между дяденькой с зонтиком и тётенькой с огромной хозяйственной сумкой.

Пока он выкарабкивался, миссис Браун и Джуди куда-то исчезли.

И тут ему на глаза попалась совершенно удивительная табличка. Он даже зажмурился и для верности протёр глаза, но выяснилось, что ему не померещилось, там действительно говорилось:

ПАДДИНГТОН
влево по жёлтым указателям[1]

Паддингтон решил, что поездка в метро – одно из самых поразительных событий в его жизни. Он развернулся и затрусил по тоннелю, держась жёлтых указателей, пока не наткнулся на толпу возле эскалатора, идущего вверх.

– Слушай, приятель, – удивился наверху дяденька-дежурный, разглядывая Паддингтонов билет. – Ты ведь так никуда и не уехал!

– Знаю, – грустно кивнул Паддингтон. – Я, наверное, попал не на ту лестницу.

---

[1] На указателе конечно же имелся в виду вокзал, а не наш косолапый друг. А кроме того, Паддингтон – ещё и один из районов Лондона.

Дежурный подозрительно потянул носом и подозвал полицейского инспектора.

– Тут молодой медведь, от которого так и несёт ветчиной, – доложил он. – Говорит, что попал не на ту лестницу.

Инспектор заложил большие пальцы за отвороты пиджака.

– Эскалаторы предназначены для перевозки пассажиров, – произнёс он внушительно, – а не для того, чтобы разные медведи на них в игрушки играли. Особенно в час пик.

– Да, сэр. – Паддингтон вежливо приподнял шляпу. – Просто у нас нету этих иски... эски...

– ...латоров, – подсказал инспектор.

– У нас в Дремучем Перу нет никаких «латоров». Поэтому я к ним ещё не привык.

– В Дремучем Перу? – уважительно переспросил инспектор. – А, ну, в таком случае... – Он приподнял верёвку, разделявшую два эскалатора. – Спускайся обратно. Но смотри больше не безобразничай.

– Спасибо большое! – Паддингтон нырнул под верёвку. – Спасибо, вы меня очень выручили! – Он хотел было снять шляпу, но эскалатор уже увлёк его обратно в глубины метро.

Паддингтон зачарованно уставился на яркие афиши, развешанные по стенам, как вдруг сосед по эскалатору тронул его зонтиком.

– Вас кто-то зовёт, – сказал он.

Паддингтон обернулся и успел заметить Джуди и миссис Браун, которые ехали вверх. Они отчаянно махали руками, а миссис Браун даже кричала: «Стой! Стой!»

Паддингтон попробовал бежать следом, но его ли коротеньким лапкам было тягаться со стремительным ходом эскалатора! Смотреть вокруг он конечно же не успевал, поэтому и не заметил спускавшегося навстречу толстого дядю с портфелем.

А через секунду было уже слишком поздно. Толстый дядя издал гневный вопль и стал хвататься за окружающих, пытаясь удержать равновесие. Паддингтон почувствовал, что летит вниз. «Бум-бум-бум» – он пересчитал все ступеньки и с разгону врезался в стену.

Когда он снова поднял голову, вокруг царил страшный кавардак. Толстый дядя сидел на полу, потирая затылок. Вокруг собралась толпа. Вдалеке он видел Джуди и миссис Браун, которые тщетно пытались протолкаться вниз, хотя эскалатор вёз их наверх. И тут Паддингтону попалась

на глаза блестящая медная кнопка, рядом с которой висела красная табличка:

**ЭКСТРЕННАЯ ОСТАНОВКА ЭСКАЛАТОРА
НАЖАТЬ ПРИ АВАРИИ**

Там ещё было приписано мелкими буквами: *«Без надобности не нажимать – штраф 5 фунтов»*, но этого он не заметил, да и вообще считал, что надобность есть, ещё какая! Поэтому он размахнулся и изо всех сил хлопнул чемоданом по кнопке.

Что тут началось! Кавардак усилился в сотни раз. Люди метались из стороны в сторону и орали друг на друга. Кто-то закричал: «Пожар!» — и вдалеке тут же зазвонили в колокольчик. Паддингтон удивился ещё сильнее.

«Надо же, — подумал он, — какую можно устроить суматоху, нажав всего-навсего на одну кнопку», — как вдруг тяжёлая рука опустилась ему на плечо.

— Это он, он! — закричал кто-то из толпы, тыча в медвежонка пальцем. — Я сам видел! Провалиться, если вру!

— Грохнул по ней чемоданом, — вмешался второй голос. — И куда только дежурные смотрят!

А третий голос, из задних рядов, предложил немедленно послать за полицией.

Паддингтон не на шутку перепугался и поднял голову, чтобы узнать, кто же его держит.

— Ага, — сказал всё тот же инспектор, — это опять ты! Я так и думал. — Он вытащил блокнот. — Имя?

— Э-э... Паддингтон, — сказал Паддингтон.

— Я сказал «имя», а не куда ты едешь, — рассердился инспектор.

— Но это и есть моё имя! — запротестовал Паддингтон.

– *Паддингтон?* – Инспектор явно не поверил. – Не может быть! Я в жизни не встречал медведя по имени Паддингтон!

– Это редкое имя, – согласился Паддингтон, – но меня так зовут. Полностью – Паддингтон Браун, а живу я на улице Виндзорский Сад, дом номер тридцать два! И ещё я потерял миссис Браун и Джуди!

– Вот оно что... – Инспектор записал что-то в блокнот. – А где твой билет?

– Ой! – спохватился Паддингтон. – Он у меня был, но, кажется, куда-то девался.

Инспектор продолжал писать.

– Шалости на эскалаторе. Безбилетный проезд. Задержка движения, – перечислял он. – Всё очень серьёзные нарушения. Что скажете, молодой человек, то есть медведь?

– Я... я... – Паддингтон переминался с лапы на лапу и глядел в пол.

– Может быть, в шляпе посмотришь? – несколько мягче спросил инспектор. – Некоторые кладут туда билет, а потом забывают.

Паддингтон встрепенулся.

– Я же знал, что не мог его потерять! – воскликнул он, передавая билет инспектору.

Тот не стал особо разглядывать, потому что шляпа Паддингтона была изнутри довольно липкой.

– Сколько ты уже тут болтаешься, а всё ни с места, – заметил он, сурово глядя на медвежонка. – Ты часто ездишь на метро?

– Первый раз в жизни, – признался Паддингтон.

– И надеюсь, что последний, – добавила миссис Браун, пробившись наконец сквозь толпу.

– Это ваш медведь, мадам? – осведомился инспектор. – Если да, то должен вам сообщить, что он попал в очень неприятную историю. – Он сверился со своим блокнотом. – Он уже совершил два чрезвычайно серьёзных нарушения, а может, и больше. Придётся отвести его в участок.

– Какой ужас! – Миссис Браун схватила Джуди за руку, словно ища поддержки. – А это обязательно? Он ведь совсем маленький и впервые попал в Лондон. Я вам обещаю, что впредь он будет очень хорошо себя вести.

– Незнание законов не является оправданием, – величественно изрёк инспектор. – Особенно в суде. Все граждане обязаны соблюдать правила пользования метро. Не верите – почитайте сами.

– В суде! – Миссис Браун провела дрожащей рукой по лбу. Слово «суд» напугало её не на шутку – она сразу представила себе, как Паддингтона заковывают в наручники, ведут на допрос и вообще всячески обижают.

Джуди взяла медвежонка за лапу и ободряюще её пожала. Паддингтон бросил на неё благодарный взгляд. Он не совсем понимал, о чём речь, но чувствовал, что вообще-то дело дрянь.

– Как вы сказали? *Граждане* обязаны соблюдать правила? – спросила она лукаво.

– Совершенно верно, – подтвердил инспектор. – А я обязан за этим следить.

– Но разве там что-нибудь говорится про медведей? – невинным голоском осведомилась Джуди.

– Гм... – Инспектор почесал в затылке. – Напрямую, пожалуй, нет...

Он поглядел на Джуди, затем на Паддингтона, затем вокруг. Эскалатор давно запустили, толпа рассосалась.

– Вообще-то так не положено, – начал он. – Но...

– Огромное вам спасибо! – с полуслова поняла Джуди. – В жизни не встречала человека добрее! А ты, Паддингтон?

Медвежонок с готовностью закивал, и инспектор даже покраснел от смущения.

— Я всегда теперь буду ездить только на этом метро, — пообещал Паддингтон. — Я считаю, что это лучшее метро во всём Лондоне!

Инспектор открыл было рот, но так ничего и не сказал.

— Пойдёмте, ребятки, — позвала миссис Браун, — а то в магазин не успеем.

Сверху долетел громкий собачий лай. Инспектор устало вздохнул.

— Ничего не понимаю, — проворчал он. — Всегда была такая спокойная, приличная станция. А теперь!..

Он посмотрел вслед миссис Браун, Джуди и Паддингтону, потряс головой и протёр глаза.

– Ну и ну, – пробормотал он, ни к кому не обращаясь, – я своими глазами видел, что у этого окаянного медведя из чемодана торчит кусок ветчины! Померещилось, что ли?

Он пожал плечами. Думать о пустяках было просто некогда. Наверху опять поднялся шум – судя по всему, собачья драка. Надо было немедленно разобраться, в чём дело.

Глава четвёртая

Дело в шляпе

Продавец отдела готовой мужской одежды поднял двумя пальцами старую
Паддингтонову шляпу и посмотрел на
неё с омерзением.

— Полагаю, мадам, юному... э-э... джентль-
мену *это* больше не понадобится?

— Нет, понадобится, — твёрдо ответил
Паддингтон. — Я всю жизнь носил эту
шляпу, даже когда ещё был совсем маленьким.

— Но разве ты не хочешь новую шляпу,
Паддингтон? — удивилась миссис Браун. —
Может, она окажется ещё лучше?

Паддингтон обдумал её слова.

– Не окажется, – заявил он наконец. – Потому что лучше не бывает!

Продавец передёрнул плечами и, не глядя на медвежонка, брезгливо отодвинул ветхий головной убор в дальний угол прилавка.

– Альберт! – крикнул он юнцу, который маячил на заднем плане. – Посмотри, что у нас есть размера четыре и семь восьмых!

Альберт нырнул под прилавок.

– Это ещё не всё, – предупредила миссис Браун. – Нам нужно хорошее тёплое зимнее пальто. Лучше с большими пуговицами, чтобы было легко расстёгивать. И непромокаемый плащик для лета...

Продавец кинул на неё неприязненный взгляд. Он вообще не слишком любил медведей, а этот ещё и надулся, стоило упомянуть его разнесчастную шляпу...

– А вы не пробовали подыскать что-нибудь на распродаже, мадам? – начал было он. – Например, в отделе «Уценённые товары»...

– Нет, не пробовала, – отрезала миссис Браун. – Уценённые товары! Ещё не хватало! Паддингтон, ты когда-нибудь слышал такую нелепость?

– Нет! – честно ответил Паддингтон, который понятия не имел, что такое уценённые товары. – Никогда!

Он сурово глянул на продавца, который смутился и отвёл глаза в сторону. Паддингтон умел иногда так посмотреть, что человеку становилось не по себе. Этому взгляду его научила тётя Люси. Он предназначался для самых тяжёлых ситуаций и почти никогда не подводил.

Миссис Браун указала на симпатичное синее пальтишко с красной подкладкой.

– Думаю, это подойдёт.

Продавец прочистил горло.

– Да, мадам. Конечно, мадам. – Он поманил Паддингтона. – Сюда, пожалуйста, сэр.

Паддингтон зашагал за продавцом, неотрывно глядя ему в затылок. Шея продавца стала тёмно-багровой, и он то и дело нервно поправлял воротничок. Когда они проходили мимо шляпного прилавка, Альберт, который как огня боялся своего начальника и наблюдал происходящее, широко разинув рот, восхищённо показал Паддингтону большой палец. Паддингтон в ответ махнул лапой. Поход по магазинам начинал ему нравиться.

Он позволил продавцу надеть на себя пальто и довольно долго стоял, восхищённо глядя в зеркало. У него ещё никогда не было пальто. В Перу всегда было слишком жарко, и, хотя тётя Люси заставляла его надевать шляпу, чтобы солнце не напекло голову, ни о каких пальто там и речи быть не могло. К своему удивлению, Паддингтон увидел в зеркале не одного медведя, а целый строй. Он завертел головой, но, куда бы он ни посмотрел, всюду рядами стояли на диво элегантные медведи.

– По-моему, капюшон великоват, – озабоченно сказала миссис Браун.

– Так сейчас модно, мадам, – пояснил продавец. – В этом сезоне все носят свободные капюшоны.

Он хотел было добавить, что у Паддингтона вообще слишком большая голова, но вовремя передумал. С медведями ведь ничего не скажешь заранее. Кто его знает, что они могут подумать, а уж этот косолапый задавака в особенности.

– А тебе нравится, Паддингтон? – спросила миссис Браун.

Паддингтон перестал считать медведей в зеркале и изогнулся, чтобы рассмотреть себя сзади.

– Я считаю, что это самое красивое пальто на свете! – объявил он, завершив осмотр.

Миссис Браун и продавец дружно испустили вздох облегчения.

– Ну и отлично, – сказала миссис Браун. – С этим покончено. Остались шляпа и плащ.

Они перебрались в шляпный отдел. Альберт, который не сводил с Паддингтона восторженных глаз, выстроил на прилавке целую батарею всевозможных шляп. Тут были шапки, панамки, пилотки, береты и даже маленький цилиндр. Миссис Браун оглядела их с сомнением.

– Вот ведь в чём проблема-то, – сказала она, – у него большие уши, и они торчат кверху.

– Можно прорезать дырочки, – предложил Альберт.

Его начальник чуть не задохнулся от возмущения.

– Прорезать дырочки в шляпе из «Баркриджа»? – прошипел он. – Сроду такого не слыхивал!

Паддингтон снова уставился ему в лицо.

– Я... э-э... – У продавца заплетался язык. – Я пойду принесу ножницы... – Голос его звучал как-то странно.

– Подождите, пожалуй, не стоит, – остановила его миссис Браун. – Ему ведь в этой шляпе не в Сити ходить[1], давайте-ка выберем что-нибудь попроще. Мне кажется, шерстяной берет будет в самый раз. Вон тот, зелёный, с помпоном. Он очень идёт к его новому пальто и хорошо тянется, так что в холодную погоду можно прикрывать уши.

Все в один голос заявили, что берет Паддингтону очень к лицу. Пока миссис

---

[1] В Сити почти все ходят в шляпах и строгих костюмах. Это центральный район Лондона, где находятся банки, конторы и другие солидные учреждения; поэтому и одеваться там полагается солидно.

Браун выбирала плащик, Паддингтон ещё раз подбежал к зеркалу. Правда, берет нельзя было приподнимать, как шляпу, потому что он плотно обхватывал уши, но если оттянуть помпон вверх, получалось почти также учтиво. В холодную погоду это было даже удобнее, потому что уши не мёрзли.

Продавец хотел было завернуть пальто, но Паддингтон решительно воспротивился, и после долгих споров ему всё-таки разрешили не снимать его, несмотря на жару. Паддингтон страшно гордился обновой, и ему не терпелось в ней покрасоваться.

Пожав Альберту руку, он наградил продавца ещё одним долгим суровым взглядом. Когда миссис Браун с медвежонком вышли из отдела, несчастный рухнул в кресло и принялся вытирать пот со лба.

Магазин «Баркридж» был так велик, что занимал несколько этажей. В нём были специальные лифты и даже свой собственный эскалатор. После минутного размышления миссис Браун решительно взяла Паддингтона за лапу и повела к лифту. Эскалаторами она уже была сыта по горло.

Паддингтону же всё – или почти всё – было в диковинку, а он страшно любил новые впечатления. Правда, спустя несколько секунд ему стало совершенно ясно, что лифт ещё хуже эскалатора. Эскалатор, по крайней мере, двигался ровно и плавно. А лифт! Во-первых, он был набит до отказа, пассажиры тащили пакеты и свёртки, и им было совсем не до маленького медвежонка — какая-то тётя даже поставила сумку ему на голову и страшно удивилась, когда Паддингтон начал брыкаться. Потом ему показалось, что голова у него висит в воздухе, а задние лапы летят вниз. Едва он успел привыкнуть к этому ощущению, голова догнала и даже перегнала лапы, и дверь открылась. Так повторялось целых четыре раза, и Паддингтон страшно обрадовался, когда лифтёр прокричал: «Первый этаж!» — и миссис Браун вывела его наружу.

— Что с тобой? — спросила она тревожно, глядя в затуманенные глаза медвежонка. — Тебе нехорошо?

— Меня тошнит, — ответил Паддингтон. — Я не люблю ездить на лифте. И я слишком много съел за завтраком!

– Боже мой! – Миссис Браун огляделась в поисках дочери, но та куда-то ушла по своим делам. – Посиди тут минуточку, а я пойду отыщу Джуди. Ты справишься один?

Паддингтон с разнесчастным видом опустился на чемодан. Даже помпон на его берете уныло обвис.

– Не знаю, – ответил он. – Но я постараюсь.

– Я мигом, – пообещала миссис Браун. – А потом мы возьмём такси и поедем домой обедать!

Паддингтон застонал.

– Плохо дело, – забеспокоилась миссис Браун, – если ему, бедняжке, даже есть не хочется!

При упоминании о еде Паддингтон закрыл глаза и застонал ещё громче. Миссис Браун на цыпочках отошла.

Несколько минут Паддингтон сидел, не поднимая век. Постепенно тошнота прошла, и он почувствовал, что откуда-то время от времени налетает приятный прохладный ветерок. Он открыл один глаз и обнаружил, что сидит прямо перед главным входом. Тогда он открыл и второй глаз и решил отправиться на разведку. Он прикинул, что, если встанет снаружи, ему всё будет видно через стеклянную дверь и он ни за что не пропустит миссис Браун и Джуди.

Но когда он нагнулся за своим чемоданом, внезапно наступила кромешная темнота.

«Вот так так! – удивился про себя Паддингтон. – Почему-то свет погас».

Он вытянул вперёд лапу и стал ощупью пробираться к двери. Но дверь куда-то подевалась, хотя он толкал и пихал изо всех сил. Тогда он сделал несколько шагов вдоль стены и толкнул ещё раз. На сей раз удачно. Правда, в двери оказалась очень тугая пружина, и ему пришлось навалиться всем телом, но наконец образовалась щёлочка, куда он сумел протиснуться. Дверь с лязгом захлопнулась. Однако снаружи, вопреки всем ожиданиям, было так же темно, как и внутри. Паддингтон уже жалел, что вообще сдвинулся с места. Он попытался найти дверь, в которую вошёл, но она исчезла без следа.

Тогда он подумал, что удобнее будет встать на четыре лапы и ползти. Очень скоро голова его ткнулась во что-то твёрдое. Паддингтон попытался отодвинуть преграду лапой. Она подалась, и он толкнул сильнее.

Вдруг раздался страшный грохот, и на ошарашенного медвежонка обрушился целый каскад каких-то предметов. Он решил, что начинается землетрясение, но тут всё затихло. Несколько минут Паддингтон лежал неподвижно, зажмурившись и едва дыша. Издалека слышались голоса и гулкие удары, словно кто-то барабанил по стеклу. Паддингтон с опаской приоткрыл один глаз и обнаружил, что свет уже зажгли. Точнее... Он смущённо откинул капюшон своего нового пальто. Свет вовсе не гас! Просто, когда он наклонился, чтобы взять чемодан, на глаза ему упал капюшон.

Паддингтон сел и с интересом огляделся. Самое страшное было позади.

Выяснилось, что он попал в небольшую комнатку, заваленную мисками, кастрюльками и тазами. Он даже не сразу поверил своим глазам и на всякий случай как следует протёр их лапами.

За спиной у него была дверь в стене, впереди – большое окно. За окном стояла толпа. Люди отталкивали друг друга и показывали на него пальцем. Паддингтон сообразил, что попал в центр внимания, и очень обрадовался. Он встал – это оказалось не так легко, потому что под ногами перекатывались жестянки, – и как можно дальше оттянул свой помпон. Зрители восторженно завопили. Паддингтон поклонился, помахал лапой и стал разбираться, что же он натворил.

Сперва он не мог понять, где находится, но внезапно его осенила догадка. Он перепутал двери и по ошибке попал в одну из витрин!

Паддингтон, медведь на диво наблюдательный, уже успел заметить, как много в Лондоне витрин. И главное, чего только в них не было, просто глаз не отвести! В одной он даже видел, как дяденька сооружает из коробок и банок высоченную пирамиду. Паддингтон тогда подумал, что много бы дал, чтобы оказаться на его месте.

Теперь же он задумчиво осматривался.

– Ой, мамочки! – сказал он в пространство. – Опять я влип в историю!

Если это он устроил в витрине такой разгром – а больше вроде было некому, – ему придётся и отвечать. И отвечать перед очень сердитыми людьми. А сердитым людям трудно объяснить, что к чему, они могут и не понять, что во всём виноват капюшон.

Паддингтон нагнулся и стал подбирать упавшие предметы. На полу, среди всякой посуды, лежало несколько стеклянных полочек. Становилось жарко, поэтому медвежонок снял пальто и аккуратно повесил на гвоздик. Потом взял полочку и установил на две круглые банки. Полочка не падала. Тогда Паддингтон поставил сверху несколько кастрюль и увенчал сооружение большим тазом. Сооружение вышло довольно шаткое, но тем не менее... Он отступил на шаг и полюбовался... Да, совсем недурно. Снаружи ободряюще захлопали. Паддингтон помахал лапой и взялся за вторую полочку.

А возле входа в магазин миссис Браун вела серьёзный разговор с сыщиком.

– Значит, мадам, вы оставили его вот здесь? – спрашивал сыщик.

– Да, – отвечала миссис Браун. – Ему стало нехорошо, и я велела ему сидеть здесь. Его зовут Паддингтон.

– Пад-динг-тон, – старательно записал сыщик. – А что он за медведь?

– Ну, он такого золотисто-коричневого цвета. Одет в синее пальто, а в лапе чемодан.

– У него чёрные ушки, – прибавила Джуди. – Так что его ни с кем не перепутаешь!

– Чёрные уши, – повторил сыщик, слюнявя карандаш.

– Это вряд ли поможет, – покачала головой миссис Браун. – На нём был берет.

Сыщик приставил ладонь к уху.

– На нём был кто?! – заорал он.

В магазине действительно стоял страшный шум, который к тому же усиливался с каждой минутой. То и дело раздавались взрывы аплодисментов и восторженные крики.

– БЕРЕТ! – закричала миссис Браун. – Шерстяной, зелёный, закрывает уши. С помпоном!

Сыщик захлопнул блокнот. Шумели так, что это уже не лезло ни в какие ворота.

– Простите, – сказал он отрывисто, – там что-то происходит, и я должен немедленно разобраться.

Миссис Браун и Джуди переглянулись, им обеим пришла в голову одна и та же мысль. Они хором воскликнули: «Паддингтон!» — и устремились за сыщиком. Миссис Браун вцепилась в его рукав, Джуди ухватила маму за плащ, и таким образом они сумели протолкаться сквозь толпу к самой витрине. Зрители визжали от восторга.

— Я так и знала, — проговорила миссис Браун.

— Паддингтон! — воскликнула Джуди.

Паддингтон как раз достраивал свою пирамиду. Строго говоря, это была уже не пирамида, а непонятно что — очень неустойчивое и разлапистое. Приладив последнюю мисочку, Паддингтон хотел было слезть вниз, но это оказалось не так-то просто. Стоило ему только шевельнуть лапой, как всё сооружение закачалось. Паддингтон отчаянно вцепился в какую-то кастрюлю и на глазах у заворожённой публики стал плавно крениться на сторону. Не прошло и минуты, как пирамида развалилась до самого основания, только теперь Паддингтон оказался не снизу, а сверху. По толпе прокатился вздох разочарования.

— В жизни не видел ничего смешнее, — доверительно сообщил миссис Браун один из зрителей. – И как только они выдумывают все эти штуки?

– Мам, а он ещё будет? – спросил маленький мальчик.

– Вряд ли, сынок, – ответила его мама. – Кажется, на сегодня всё.

Сыщик уже вытаскивал Паддингтона из витрины. Вид у медвежонка был ужасно виноватый. Миссис Брауни Джуди поспешили к дверям.

Сыщик оглядел Паддингтона с ног до головы, потом сверился со своим блокнотом.

– Синее зимнее пальто, – пробормотал он. – Шерстяной зелёный берет! – Он стащил берет с головы медвежонка. – Чёрные уши... Я знаю, кто ты такой! – объявил он мрачным голосом. – Ты Паддингтон!

Бедный мишка едва устоял на ногах, так он удивился.

– Ой, откуда вы знаете? – пролепетал он.

– Я сыщик, – объяснил сыщик. – Всё знать – моя профессия. Я ловлю преступников.

– Но я не преступник! – запротестовал Паддингтон. – Я медведь! Я просто ставил на место разные штучки!

– Ш-штучки! – прошипел сыщик. – Прямо не знаю, что теперь скажет мистер

79

Перкинс. Он только сегодня закончил оформлять эту витрину!

Паддингтон смущённо огляделся. Он видел, что к нему бегут Джуди и миссис Браун. Строго говоря, к нему с разных сторон бежало довольно много народу, в том числе очень солидный дяденька в тёмном пиджаке и брюках в полоску. Добежав, все они разом заговорили, пытаясь перекричать друг друга.

Паддингтон сидел на чемодане и не вмешивался. Он знал, что в некоторых случаях лучше помолчать, и чувствовал, что сейчас именно такой случай. В конце концов победа осталась за солидным дяденькой, потому что он кричал громче всех и продолжал кричать, когда все остальные умолкли.

К удивлению медвежонка, он нагнулся, взял его за лапу и стал её трясти, точно хотел оторвать.

– Счастлив познакомиться с вами, уважаемый медведь, – басил он. – Счастлив познакомиться. Примите мои поздравления.

– Спасибо, – неуверенно поблагодарил Паддингтон. Дяденька явно был чем-то очень доволен, оставалось понять – чем.

Дяденька повернулся к миссис Браун.

– Как, вы сказали, его зовут? Паддинг-тон?

– Совершенно верно, – ответила миссис Браун. – И уверяю вас, он не хотел сделать ничего плохого.

– *Плохого?!* – Дяденька даже подскочил. – Как вы сказали? Плохого? Господь с вами, да этот мишутка привлёк к нам больше покупателей, чем весь рекламный отдел, вместе взятый! Телефон просто разрывается! – Он кивнул на входную дверь. – Смотрите, публика валом валит!

Он положил руку Паддингтону на макушку.

– От имени администрации «Баркриджа», – сказал он, – примите мою самую искреннюю благодарность. – Он махнул свободной рукой, требуя тишины. – И я хотел бы доказать, что мы умеем быть благодарными. Если вам что-нибудь приглянулось в нашем магазине...

У медвежонка заблестели глаза. Он уже знал, что сказать в ответ. Он увидел ЕЁ по дороге в секцию мужской одежды. ОНА стояла в продуктовом отделе, прямо на прилавке. Большая-большая. Почти с него.

– Если можно, – сказал он, – я хотел бы банку мармелада. Самую большую банку.

Может, директор магазина и удивился этой странной просьбе, но не подал виду. Лишь почтительно повёл рукой в сторону лифта.

– Мармелад так мармелад, – проговорил он.

– Только, – сказал Паддингтон, – я, пожалуй, поднимусь по лестнице.

Глава пятая

«Мастер старой школы»

И так, медвежонок Паддингтон остался у Браунов и очень скоро сделался полноправным членом семьи. Никто уже не мог и представить, как бы они без него обходились. Паддингтон вовсю помогал по хозяйству, и дни летели как на крыльях. Брауны жили неподалёку от большого рынка, который назывался Портобелло, и когда миссис Браун бывала занята, она отправляла Паддингтона за покупками. Мистер Браун приделал к старой хозяйственной сумке колёсики и длинную ручку – получилась тележка, чтобы возить продукты.

Паддингтон оказался на редкость толковым покупателем, и скоро его уже знали все лавочники на рынке. Он очень серьёзно и ответственно относился к своим обязанностям – тщательно выбирал самые крепкие и спелые яблочки (так его учила миссис Бёрд) и никогда не платил лишнего. Лавочники полюбили разговорчивого мишутку и частенько откладывали для него самые лакомые кусочки.

– Ну и глазок у этого медведя, – говаривала миссис Бёрд, – всё умудряется купить за бесценок! И как ему это удаётся? Жульничает, наверное.

– Ничего я не жульничаю! – возмутился Паддингтон. – Просто смотрю внимательно, вот и всё.

– Как бы там ни было, – подытожила миссис Браун, – такие медведи – на вес золота.

Паддингтон очень серьёзно отнёсся к последнему замечанию, тут же побежал в ванную и долго взвешивался на напольных весах. А потом отправился к своему другу мистеру Круберу узнать его мнение на этот счёт.

Дело в том, что Паддингтон очень любил рассматривать витрины на улице Портобелло (которая вела к рынку), а витрина мистера Крубера была самой замечательной из них. Во-первых, она находилась довольно низко, так что Паддингтону не надо было вставать на цыпочки, а во-вторых, чего в ней только не было! Старинные стулья, медали, вазочки, кувшинчики, картины... Этих сокровищ скопилось так много, что они едва помещались в лавке, и сам мистер Крубер почти всегда сидел в шезлонге у входа. Мистер Крубер, в свою очередь, заинтересовался медвежонком, и вскоре они крепко подружились. Паддингтон часто навещал мистера Крубера по дороге с рынка, и они часами беседовали про Южную Америку, где мистер Крубер побывал ещё совсем маленьким мальчиком.

По утрам, часов в одиннадцать, мистер Крубер обычно закусывал какао с булочкой – он называл это «послезавтрак», – и Паддингтон часто составлял ему компанию.

– Нет ничего лучше приятной беседы за чашкой какао, – говаривал мистер Крубер.

Паддингтон, который любил и то и другое, а булочки – тем более, не мог с этим не согласиться, хотя после какао его мордочка приобретала очень странный цвет.

Паддингтон, который считал, что всё блестящее должно дорого стоить, однажды показал мистеру Круберу свои сентаво. В глубине души он надеялся, что за них можно получить много денег – и тогда он купит всем Браунам подарки. Правда, мистер Браун каждую неделю давал ему полтора шиллинга карманных денег, но к субботе они все уходили на булочки. Внимательно осмотрев монеты, мистер Крубер посоветовал Паддингтону не продавать их.

– Видите ли, мистер Браун, то, что блестит, не всегда высоко ценится, и наоборот, – сказал он. Мистер Крубер всегда называл Паддингтона «мистер Браун», и тому это ужасно нравилось.

Потом мистер Крубер повёл медвежонка в заднюю комнатку, где стоял письменный стол, и достал из ящика коробочку с потемневшими от времени монетами. Они были тусклыми и ничем не примечательными.

– Видите, мистер Браун? – спросил мистер Крубер. – Эти монеты называются соверенами. С виду неказистые, но они сделаны из чистого золота, и каждая стоит не меньше семидесяти шиллингов. Получается почти пять фунтов за каждые десять граммов. Так что, если когда-нибудь найдёте такую монетку, обязательно покажите мне.

Однажды, взвесившись с особой тщательностью, Паддингтон прибежал к мистеру Круберу. В лапах он держал лист бумаги, испещрённый сложными вычислениями. Паддингтон обнаружил, что после плотного воскресного обеда тянет почти на шесть килограммов. Получалось... Паддингтон ещё раз для верности глянул на листок бумаги... Получалось, что он стоит почти три тысячи фунтов!

Мистер Крубер внимательно выслушал его объяснения, потом прикрыл глаза и задумался. Он был очень добрым и не хотел огорчать мишутку.

– Безусловно, – сказал он наконец, – вы, мистер Браун, стоите таких денег. Ещё неизвестно, отыщется ли на свете второй столь же ценный медведь. Я это прекрасно знаю. Мистер и миссис Браун – тоже. Миссис Бёрд – и подавно. Но вот знают ли другие?

Мистер Крубер глянул на Паддингтона поверх очков.

– К сожалению, мистер Браун, в этом мире часто бывает так: снаружи – одно, а внутри – совсем другое.

Паддингтон вздохнул. Он очень расстроился.

– Как обидно, – сказал он. – Получается такая путаница!

– Отчасти вы правы. – Голос мистера Крубера зазвучал таинственно. – Именно путаница. Но без путаницы не было бы и приятных неожиданностей!

Он отвёл Паддингтона в свою лавку, пригласил сесть, а сам куда-то исчез. Возвратился он с большой картиной. На ней был нарисован корабль. Точнее, половина корабля, потому что на месте мачт и парусов проступал портрет какой-то дамы в огромной шляпе.

— Вот, — гордо сказал мистер Крубер. — Это то, что я называю «снаружи — одно, внутри — другое». Что скажете, мистер Браун?

Паддингтону понравилось, что мистер Крубер спрашивает его мнение, но картина выглядела как-то уж очень непонятно. Ни то ни сё. Так он и сказал.

– Правильно! – воскликнул мистер Крубер. – Сейчас так и есть. Но вот посмотрим, что вы скажете, когда я расчищу её до конца. Много лет назад я купил эту картину всего за пять шиллингов, думая, что это просто плывущий корабль. Но когда на днях я взялся её чистить, краска вдруг начала осыпаться и под кораблём обнаружилось другое изображение! – Мистер Крубер опасливо огляделся и понизил голос. – Об этом ещё никто не знает, – прошептал он, – но может статься, это очень ценная картина. Так называемый «мастер старой школы».

Увидев, что Паддингтон по-прежнему ничего не понимает, мистер Крубер объяснил, что в старые времена, когда художнику не хватало денег на новый холст, он писал поверх картины какого-нибудь другого художника. Случалось и так, что этот другой художник потом становился очень знаменитым, а его картины – очень ценными. Но про некоторые из них никто до сих пор ничего не знает, ведь они спрятаны под слоем краски!

– Как-то всё это очень сложно, – задумчиво сказал Паддингтон.

Мистер Крубер ещё долго говорил о живописи, которую очень любил, но Паддингтон, вопреки обыкновению, слушал совсем невнимательно. В конце концов он слез со стула и, отказавшись от второй чашки какао, отправился домой. Он машинально приподнимал шляпу, когда знакомые желали ему доброго утра, но мысли его витали очень далеко. Даже запах горячих слоек из булочной оставил его равнодушным. У Паддингтона родилась Идея.

Вернувшись домой, он поднялся в свою комнату, лёг на кровать и долго лежал, уставившись в потолок. Это было так на него непохоже, что миссис Бёрд не на шутку встревожилась и просунула голову в дверь, чтобы узнать, всё ли в порядке.

– В порядке, – отрешённым голосом отозвался Паддингтон. – Я просто думаю.

Миссис Бёрд захлопнула дверь и, спустившись вниз, передала эти слова остальным. К её сообщению все отнеслись по-разному.

– Пусть себе думает, – сказала миссис Браун, не скрывая, однако, своего беспокойства. – Вот как он до чего-нибудь *додумается*, тут-то и начинаются неприятности!

Впрочем, у неё было столько дел, что она скоро забыла про медвежонка. Они с миссис Бёрд с головой ушли в хозяйственные хлопоты и не обратили никакого внимания на мохнатую фигурку, которая, опасливо озираясь, прокралась к сараю. Они не заметили, как потом та же фигурка проследовала обратно, волоча бутылку растворителя и старые тряпки, которыми мистер Браун оттирал краску. Всё это наверняка вызвало бы у них беспокойство. А успей миссис Браун заметить, как Паддингтон проскользнул в гостиную и притворил за собой дверь, она бы бросила все дела и со всех ног побежала разбираться!

Но все были так заняты, что ничего не заметили. По счастью, никто довольно долго не входил в гостиную. А дело у Паддингтона не ладилось. Можно сказать, всё пошло наперекосяк. Он уже пожалел, что невнимательно слушал рассуждения мистера Крубера о том, как чистят картины.

Во-первых, краска почему-то слезала неровно, клочьями, хотя он и вылил на картину почти полбутылки растворителя. Во-вторых, и это было уж совсем неприятно, там, где она слезла, внизу ничего не оказалось. Только серый холст.

Паддингтон отступил на шаг и полюбовался плодами своей работы. Первоначально на картине было озеро, по которому там и тут скользили лодочки, а над озером – голубое небо. Теперь было больше похоже на шторм в океане. Лодочки куда-то пропали, небо стало мутно-серым, а от озера осталась только половина.

– Ну, ничего, – утешил себя Паддингтон. – У меня ведь есть целая коробка красок.

Он отступил на шаг, держа кисть в вытянутой лапе, и прищурился – он однажды видел настоящего художника, который именно так и делал. В левую лапу он взял палитру, выдавил на неё немного красной краски и размешал её кистью. Потом, опасливо оглядевшись, мазнул по холсту.

Краски — целую коробку! — Паддингтон нашёл под лестницей. Они были красные, синие, жёлтые, зелёные — всякие. У медвежонка даже глаза разбежались от такого многоцветья.

Аккуратно вытерев кисть о шляпу, он попробовал ещё один цвет. Потом ещё один. Писать картину оказалось так занятно, что он решил во что бы то ни стало перепробовать все оттенки и скоро вообще позабыл о том, для чего всё это затеял.

В результате получилась не картина, а какой-то замысловатый узор из разноцветных точек, крестиков, хвостиков и закорючек. Паддингтон даже сам удивился. От озера с лодочками не осталось и следа. Медвежонок понуро сложил тюбики обратно в коробку, накрыл картину холщовым чехлом и прислонил к стене – будто никогда и не трогал. Он решил, что закончит потом, хотя ему и не очень хотелось. Быть художником, конечно, интересно, но уж больно трудно.

За ужином он был необычайно молчалив. Миссис Браун даже напугалась и несколько раз спрашивала, хорошо ли он себя чувствует. Паддингтон отвечал невнятно и в конце концов, извинившись, ушёл в свою комнату.

– Как бы он не заболел, Генри, – сказала миссис Браун, проводив его взглядом. – Он едва притронулся к ужину, а это совсем на него непохоже. И потом, у него на мордочке какая-то странная красная сыпь.

– Красная сыпь? – оживился Джонатан. – Вот это да! Хоть бы он меня чем-нибудь заразил, не надо будет ехать в школу!

– Не только красная, но и зелёная, – уточнила Джуди. – Я заметила, что сыпь разноцветная.

– *Зелёная?* – Тут даже мистер Браун забеспокоился. – Если к утру не пройдёт, придётся вызвать врача.

– Он так хотел поехать на выставку, – вздохнула миссис Браун. – А теперь, боюсь, ему придётся лежать в постели.

– А как ты думаешь, папа, дадут тебе приз? – спросил Джонатан.

– Если дадут, папа сам удивится больше всех, – съязвила миссис Браун. – До сих пор ему ни разу не повезло!

– А ты нам так и не скажешь, что это за картина? – с надеждой спросила Джуди.

– Это сюрприз, – скромно ответил мистер Браун. – Я очень долго над ней работал. Рисовал по памяти.

Мистер Браун увлекался живописью и каждый год участвовал в выставке самодеятельного творчества, которая проводилась в Кенсингтоне[1]. Судить картины приглашали знаменитых художников, а за

---

[1] Это один из районов Лондона.

самые удачные работы полагались призы. На выставке были представлены не только картины, но и всякое рукоделие, и мистер Браун очень страдал оттого, что ни разу не попал в число призёров, тогда как миссис Браун дважды получала первый приз за свои плетёные коврики.

– В любом случае уже слишком поздно, – сказал мистер Браун, закрывая тему. – Картину увезли, так что придётся вам потерпеть до завтра.

Следующий день выдался солнечным, и на выставке было не протолкнуться. Ко всеобщему облегчению, Паддингтон выглядел гораздо лучше. Сыпь бесследно исчезла, и, чтобы наверстать упущенное накануне, он очень основательно позавтракал. Только у миссис Бёрд появились неприятные мысли, когда она обнаружила «сыпь» на полотенце в ванной, но она благоразумно промолчала.

Брауны расположились в центре первого ряда, прямо перед помостом, на котором восседали члены жюри. Все ужасно волновались. Паддингтон только что узнал, что мистер Браун тоже рисует, и ему не терпелось взглянуть на его картину – у него ведь раньше никогда не было знакомых художников!

На помосте суетились важные бородатые дяди. Они кричали друг на друга и размахивали руками. Судя по всему, причиной спора была одна из картин.

– Генри, – возбуждённо зашептала миссис Браун, – а ведь, похоже, они спорят из-за твоей картины! Я узнаю чехол.

Мистер Браун выглядел озадаченным.

– Чехол действительно мой, – согласился он, – но я не пойму, как так получилось. Он весь заляпан краской. Видишь? Как будто картине не дали высохнуть. А ведь я-то свою написал уже давным-давно!

Паддингтон сидел тихо-тихо, глядя в одну точку и боясь пошевелиться. Он чувствовал странный холодок в животе – точно сейчас должно случиться что-то ужасное. Он уже пожалел, что смыл «сыпь» и не остался дома.

– Паддингтон, ты чего? – Джуди подтолкнула его локтем. – Какой-то ты сегодня странный. Опять нездоровится?

– Здоровится, – упавшим голосом отозвался медвежонок, – просто я, кажется, снова попал в переделку.

– Ай-ай-ай, – посочувствовала Джуди. – А ты постучи лапой по дереву, может, и обойдётся... Вот так!

Паддингтон подался вперёд. Один из художников, самый важный и самый бородатый, наконец-то заговорил. А на помосте... у Паддингтона задрожали коленки... на помосте, у всех на виду, стояла на мольберте его «картина»!

У медвежонка перехватило дыхание, и до него долетали только обрывки фраз:

— Необычное цветовое решение...

— Оригинальная трактовка...

— Присущая автору сила воображения...

А потом Паддингтон чуть не свалился со стула.

— ПЕРВЫЙ ПРИЗ ПРИСУЖДАЕТСЯ МИСТЕРУ ГЕНРИ БРАУНУ!!!

Впрочем, сильнее всех удивился вовсе не Паддингтон. Когда мистера Брауна втащили на помост, у него был такой вид, будто его ударило током.

– Но... но... – залепетал он, – тут какая-то ошибка...

– Ошибка? – поразился бородатый. – Не может быть, уважаемый сэр! Картина подписана вашим именем. Вы ведь мистер Браун? Мистер Генри Браун? Ваш адрес – Виндзорский Сад, дом тридцать два?

Мистер Браун, не веря своим глазам, уставился на полотно.

– Она действительно подписана моим именем, – признал он. – Это мой почерк...

Он не договорил и посмотрел вниз, на зрителей. Смутная догадка зародилась у него в голове, но ему так и не удалось поймать взгляд Паддингтона. Иногда это действительно бывало нелегко.

– Я благодарен за оказанную мне честь, – сказал мистер Браун, когда стихли аплодисменты и ему был вручён чек на десять фунтов, – однако я намерен передать эту награду одному дому для престарелых медведей в Южной Америке...

По толпе прошёл шёпот удивления, но Паддингтон ничего не заметил, хотя наверняка бы обрадовался, если бы знал причину. Он был занят тем, что бросал суровые взгляды то на картину, то на бородатого художника, которому вдруг стало очень жарко и неуютно.

– Между прочим, – заявил медвежонок, обращаясь ко всему белому свету сразу, – могли бы и не переворачивать мою картину вверх ногами. Далеко не на каждой выставке первый приз достаётся медведю!

Глава шестая

Паддингтон в театре

В доме у Браунов царило необычайное оживление: мистер Браун взял билеты в театр, да ещё и в ложу, да ещё и на премьеру новой пьесы с ужасно знаменитым актёром Сейли Блумом в главной роли! Паддингтон, понятно, тоже поддался общему оживлению и несколько раз подряд бегал в лавку к мистеру Круберу, чтобы тот объяснил ему всё про театр. Мистер Крубер сказал, что попасть на премьеру – большая удача.

– Вы наверняка встретите там немало знаменитых людей, – веско прибавил он. – Далеко не всякому медведю выпадает такая возможность!

Мистер Крубер одолжил Паддингтону несколько потрёпанных книжек про театр. Паддингтон был медлительным читателем, но в книжках оказалось множество картинок и фотографий, а в одной – даже картонный макет сцены, который расправлялся, едва вы открывали нужную страницу. Паддингтон твёрдо решил, что, когда вырастет, обязательно станет актёром. Для начала он влез на тумбочку и попробовал повторить некоторые из поз, которые видел на фотографиях.

У миссис Браун по этому поводу было своё мнение.

– Только бы пьеса оказалась хорошей, – переживала она. – Вы же знаете нашего мишутку. Он всё принимает так близко к сердцу!

– Гм, – вставила миссис Бёрд, – я-то, слава богу, буду сидеть дома и тихо-мирно слушать радио. Но ему театр в новинку, а он так любит всё новое. И потом, в последние дни он ведёт себя на удивление хорошо.

– Это-то меня и беспокоит, – вздохнула миссис Браун.

Впрочем, оказалось, что как раз из-за пьесы миссис Браун могла не волноваться. По дороге в театр Паддингтон сидел необычайно тихо. Его впервые повезли в центр города вечером, и он в первый раз увидел вечерние огни Лондона. Мистер Браун рассказывал по дороге о знаменитых зданиях и памятниках, мимо которых они проезжали, и, когда наконец вся компания вошла в фойе театра, настроение у всех было преотличное.

Паддингтон с радостью отметил, что внутри всё точь-в-точь такое, как рассказывал мистер Крубер, вплоть до швейцара, который распахнул перед ними дверь и вежливо приложил руку к фуражке.

Паддингтон помахал в ответ лапой и принюхался. Всё вокруг блестело золотом и красной краской, а кроме того, в театре стоял какой-то свой, тёплый и уютный запах. Маленькое огорчение ожидало медвежонка в гардеробе, где с него потребовали шесть пенсов за хранение чемодана и пальто. А когда он попросил свои вещи обратно, тётенька-гардеробщица подняла страшный шум.

Её возмущённый голос ещё разносился по всему фойе, пока служительница вела Браунов к их местам. У входа в ложу служительница задержалась.

– Программку не желаете, сэр? – обратилась она к медвежонку.

– Да, пожалуйста, – кивнул Паддингтон и взял пять. – Спасибо большое.

– А не подать ли вам кофе в антракте? – поинтересовалась служительница.

У Паддингтона заблестели глаза.

– Да, конечно! – воскликнул он. Какие всё-таки в театре замечательные порядки! Он хотел было проскочить на своё место, но служительница преградила ему дорогу.

– С вас двенадцать с половиной шиллингов, – сообщила она. – Программка стоит шесть пенсов, чашка кофе – два шиллинга.

Бедняга Паддингтон с трудом поверил своим ушам.

– Двенадцать с половиной шиллингов? – ошарашенно повторил он. – *Двенадцать с половиной шиллингов?*

– Ничего, ничего, я заплачу, – тут же вмешался мистер Браун, опасаясь ещё одного скандала. – Иди, Паддингтон, на своё место и садись.

Паддингтон пулей проскочил в ложу, но пока служительница подкладывала подушки на его кресло, он бросал на неё очень подозрительные взгляды. Однако он с удовольствием отметил, что она усадила его в первом ряду и ближе всех к сцене. А он уже отправил тёте Люси открытку, куда аккуратно перерисовал из книги план театра и поставил в уголочке крестик с пояснением: «ТуТ СЕЖу Я».

Зрителей в тот вечер собралось довольно много, и Паддингтон приветливо замахал лапой сидящим в партере. К великому смущению миссис Браун, многие стали указывать на него пальцем и махать в ответ.

— Лучше бы он вёл себя потише, — шепнула она мистеру Брауну.

— Может быть, ты всё-таки снимешь пальто? — попытался отвлечь Паддингтона мистер Браун. — А то замёрзнешь, когда выйдем на улицу...

Паддингтон влез всеми четырьмя лапами на кресло и встал там во весь рост.

— Пожалуй, сниму, — согласился он. — А то чего-то жарковато...

Джуди принялась ему помогать.

— Осторожнее! Булка с мармеладом! — вскрикнул Паддингтон, когда Джуди повесила пальто на барьер ложи.

Но было уже поздно. Медвежонок с виноватым видом поглядел на своих спутников.

— Полундра! — воскликнул Джонатан. — Твоя булка свалилась прямо на чью-то голову. — Он перегнулся через барьер. — Ну точно, вон на того лысого дяденьку. Похоже, он здорово рассердился.

– Паддингтон! – Миссис Браун в отчаянии поглядела на медвежонка. – Ну разве можно приносить в театр булку с мармеладом?

– Ничего страшного, – беспечно отозвался тот. – У меня в другом кармане есть ещё кусок, могу угостить. Правда, он немного помялся, потому что я сидел на нём в машине.

– Там, внизу, похоже, что-то случилось, – вступил в разговор мистер Браун, вытягивая шею и пытаясь заглянуть в партер. – Какой-то невежа ни с того ни с сего погрозил мне кулаком. И при чём тут, скажите на милость, булка с мармеладом?

Мистер Браун порой очень туго соображал.

– Ничего страшного, – поспешила успокоить его миссис Браун. Она решила попросту замять происшествие, от греха подальше.

В любом случае медвежонку было не до того – он был поглощён мучительной внутренней борьбой, причиной которой послужили театральные бинокли. Он только что заметил неподалёку ящичек с надписью: «БИНОКЛИ, 6 ПЕНСОВ». Наконец, после долгих и тяжких раздумий, он открыл чемодан и достал из потайного кармашка шестипенсовик.

– Какой-то он бестолковый, – заметил Паддингтон, поглазев с минуту на зрителей. – В нём все ещё меньше кажутся!

– Да ты его не тем концом повернул, глупышка! – рассмеялся Джонатан.

– Всё равно бестолковый, – упорствовал Паддингтон, перевернув бинокль. – Если бы я знал, ни за что бы его не купил. Впрочем, – добавил он, поразмыслив, – может быть, он в другой раз пригодится.

Как раз в этот момент оркестр закончил играть увертюру, и занавес поднялся. Сцена изображала комнату в большом загородном доме, и сэр Сейли Блум, в роли богатого сквайра[1], расхаживал по ней взад и вперёд. В зале загремели аплодисменты.

– Что ты, его нельзя брать с собой, – шепнула Джуди. – Его придётся вернуть, когда мы будем уходить.

– Что?! – так и ахнул медвежонок. Из темноты зашикали, а сэр Сейли Блум приостановился и грозно посмотрел в их сторону. – Так, значит... – От расстройства Паддингтон чуть не потерял дар речи. – Шесть пенсов! – прибавил он горько. – На целых три булочки бы хватило!

Тут он наконец-то повернулся в сторону Сейли Блума.

А тот, надо сказать, пребывал далеко не в лучшем настроении. Он вообще не любил премьер, а эта началась и вовсе

---

[1] «Сквайр» по-английски значит примерно то же самое, что по-русски «помещик»: состоятельный человек, живущий в деревне, владелец земельного надела.

скверно. С первой, можно сказать, секунды всё пошло наперекосяк. Во-первых, ему всегда больше нравилось играть симпатичных героев, а в этой пьесе ему досталась роль главного злодея. Кроме того, поскольку это был первый спектакль, он не очень твёрдо помнил текст. И надо же, едва он приехал в театр, как ему сообщили, что суфлёр заболел, а заменить его некем. Потом, перед самым подъёмом занавеса, поднялась какая-то суматоха в партере. На одного из зрителей свалилась булка с мармеладом, как объяснил администратор. Мелочи, конечно, но они окончательно вывели сэра Сейли из равновесия. Он вздохнул про себя. Да, премьера обещала быть хуже некуда.

Но если Сейли Блуму не удавалось вложить в пьесу всю душу, о Паддингтоне этого никак нельзя было сказать. Вскоре он напрочь позабыл о потраченном зря шестипенсовике и с головой ушёл в спектакль. Он быстро раскусил, что Сейли Блум — отъявленный негодяй, и сурово уставился на него в бинокль. Медвежонок пристально следил за всеми движениями великого актёра, изображавшего бессердечного отца, и когда в конце первого акта тот выставил дочь из дому без гроша в кармане, Паддингтон встал на кресле во весь рост и негодующе замахал программкой.

Паддингтон был сообразительным медведем, а главное, он твёрдо знал, что хорошо, а что плохо. Поэтому, едва занавес опустился, он решительно положил бинокль на барьер и вылез из кресла.

– Понравилось, Паддингтон? – спросил его мистер Браун.

– Очень интересно, – ответил медвежонок.

Решительные нотки в его голосе сразу же насторожили миссис Браун, и она строго посмотрела на своего питомца. Этот тон она слышала и раньше, и он не сулил ничего хорошего.

– Ты куда собрался, мишка-медведь? – спросила она, когда тот подошёл к двери.

– Пойду прогуляюсь, – туманно отозвался медвежонок.

– Только ненадолго! – крикнула миссис Браун вдогонку. – А то опоздаешь ко второму акту!

– Да не беспокойся ты, Мэри! – оборвал её мистер Браун. – Ну захотелось ему размять лапы или что-нибудь в этом роде. Может, он просто пошёл в гардероб.

На самом-то деле Паддингтон отправился вовсе не в гардероб, а к дверце, ведущей за кулисы. На ней было написано:

**СЛУЖЕБНОЕ ПОМЕЩЕНИЕ
ВХОД ТОЛЬКО ДЛЯ АРТИСТОВ**

Толкнув дверь, Паддингтон тотчас же оказался в совсем ином мире. Тут не было обитых красным бархатом кресел, одни лишь голые стены. С потолка свисали какие-то верёвки, по углам громоздились декорации, и царила страшная суматоха. В другое время медвежонка одолело бы любопытство, но сейчас на мордочке у него застыла упрямая решимость.

Заметив какого-то дяденьку, который возился с декорациями, медвежонок подошёл поближе и дёрнул его за рукав.

— Извините, пожалуйста, — начал он, — не могли бы вы мне сказать, где этот дяденька?

Рабочий не отрывался от дела.

— Какой ещё дяденька? — буркнул он.

— Этот дяденька, — терпеливо пояснил Паддингтон. — Главный негодяй.

— А, сэр Сейли? — Рабочий указал ему на длинный коридор. — Он в своей уборной. Только лучше к нему сейчас не приставать, потому что он зол как сто тысяч чертей... – Тут он поднял голову. – Эй? Да ты откуда взялся? Сюда посторонним нельзя!..

Но Паддингтон уже был так далеко, что не стал бы отвечать, даже если бы расслышал. Он бежал по коридору, внимательно оглядывая каждую дверь. Наконец он увидел нужную – на ней красовалась большая звезда и надпись золотыми буквами:

Сэр Сейли Блум

Паддингтон набрал для храбрости побольше воздуха и громко постучал. Никто не ответил, и медвежонок постучал снова. По-прежнему никакого ответа, поэтому он осторожно толкнул дверь лапой.

– Убирайтесь прочь! – раздался зычный бас. – Никого не желаю видеть!

Паддингтон выглянул из-за двери. Сэр Сейли Блум лежал, растянувшись во весь рост, на огромном диване. Вид у него был усталый и недовольный. Приоткрыв один глаз, он глянул на медвежонка.

– Никаких автографов, – буркнул он.

– А мне и не нужен ваш автограф, – ответствовал Паддингтон, устремив на актёра суровый взгляд. – Я бы не попросил ваш автограф, даже если бы у меня была с собой книжка для автографов, а у меня её нет!

Сэр Сейли так и сел.

— Тебе не нужен мой автограф? — изумлённо переспросил он. — Но зрители всегда просят у меня автограф!

— А я не прошу! — отрезал Паддингтон. — Я пришёл сказать, чтобы вы немедленно пустили свою дочь обратно!

Последние слова он выпалил скороговоркой. Великий артист, казалось, вдруг раздулся, став раза в два больше, чем на сцене, и медвежонок испугался, что он того и гляди лопнет.

После этого сэр Сейли судорожно прижал ладони ко лбу.

— Ты хочешь, чтобы я пустил обратно свою дочь? — повторил он после паузы.

— Вот именно, — твёрдо ответил медвежонок. — А если нет, думаю, она может пока пожить у мистера и миссис Браун.

Сэр Сейли растерянно провёл пятернёй по волосам, а потом хорошенько ущипнул сам себя.

— У мистера и миссис Браун, — повторил он, уже совсем перестав что-либо соображать. Потом обвёл комнату диким взглядом и метнулся к дверям. — Сара! — завопил он на весь коридор. – Сара, поди сюда сию же минуту! – Он попятился в глубь своей уборной, пока между ним и Паддингтоном не оказался диван. – Изыди, медведь! – проговорил он драматическим тоном, а потом, сощурившись, вгляделся в медвежонка, поскольку был довольно близорук. – Ты ведь медведь, верно?

– Верно, – кивнул Паддингтон. – Из Дремучего Перу.

Сэр Сейли поглядел на его зелёный берет.

– В таком случае, – сердито проговорил он, чтобы выгадать время, – мог бы ради приличия и не заявляться ко мне в уборную в зелёном берете. Ты разве не знаешь, что в театре зелёный цвет считается несчастливым? Сними немедленно!

– Я тут ни при чём, – начал оправдываться Паддингтон. – Я хотел надеть свою обыкновенную шляпу...

И он пустился было в объяснения по поводу шляпы, но тут дверь со стуком отворилась, и вошла барышня по имени Сара. Паддингтон сразу же признал в ней дочь сэра Сейли.

– Не бойтесь, – ободрил её Паддингтон. – Я пришёл вас спасать.

– Что?! – опешила барышня.

– Сара! – Сэр Сейли Блум опасливо вышел из-за дивана. – Сара, спаси меня от этого... от этого сумасшедшего медведя!

– Я не сумасшедший! – возмутился Паддингтон.

– Тогда потрудись объяснить, что тебе нужно в моей уборной! – вконец рассвирепел великий артист.

Паддингтон вздохнул. Какие всё-таки бывают непонятливые люди! Набравшись терпения, он ещё раз объяснил всё с самого начала. Когда он дошёл до конца, барышня по имени Сара вдруг запрокинула голову и расхохоталась.

– Не вижу ничего смешного, – буркнул сэр Сейли.

– Но, солнце моё, как же ты не понимаешь? – воскликнула Сара. – Тебе сделали такой комплимент! Паддингтон действительно поверил, что ты собираешься выгнать меня из дому без гроша в кармане. А это доказывает, какой ты замечательный актёр!

Сэр Сейли обдумал её слова.

– Хм, – сказал он наконец. – Что ж, вполне понятная ошибка. Да и вообще, если приглядеться, он производит впечатление в высшей степени неглупого медведя.

Паддингтон обескураженно поглядел сперва на одного, потом на другую.

115

– Так, значит, вы всё время только притворялись? – запинаясь, выговорил он.

Барышня нагнулась и взяла его за лапу:

– Ну конечно, солнышко. Но я всё равно страшно благодарна тебе за то, что ты пришёл мне на помощь. Я этого никогда не забуду.

– Я бы вас обязательно спас, если бы понадобилось! – заверил её Паддингтон.

Сэр Сейли кашлянул.

– А что, мишка, ты действительно интересуешься театром? – спросил он своим густым басом.

– Ещё как! – отозвался Паддингтон. – Мне только не нравится, что за всё надо платить шесть пенсов. Но я обязательно стану актёром, когда вырасту.

Сара вдруг вскочила.

– Сейли, солнышко, я, кажется, придумала одну штуку! – воскликнула она и прошептала что-то сэру Сейли на ухо, после чего тот ещё раз посмотрел на медвежонка.

– Это, конечно, не совсем по правилам... – замялся великий актёр. – Но отчего не попробовать? Нет, мы обязательно попробуем!

Антракт тем временем уже подходил к концу, и Брауны не на шутку разволновались.

– О господи! – восклицала миссис Браун. – И куда он на сей раз запропастился?

– Если он не поторопится, то пропустит начало второго акта, – философски заметил мистер Браун.

Тут в дверь постучали, и служитель вручил мистеру Брауну записку.

– Это вам от юного джентльмена-медведя, – сообщил он. – Он сказал, что это очень важно.

– Э... спасибо, – проговорил мистер Браун, разворачивая послание.

– Что там? – торопила миссис Браун. – С ним всё в порядке?

Мистер Браун протянул ей бумажку.

– Поди догадайся, – буркнул он.

На клочке бумаги было наспех накорябано карандашом:

> Я ПАЛуЦИЛ ОЦИН АТВЕСВИНОЕ ЗАДАНИЕ.
>
> ПАДИНКТУН.
>
> P. S. ПАТОМ РАСКАЖу.

– Ну и что всё это значит? – недоумевала миссис Браун. – Вечно с ним что-то приключается!

— Понятия не имею, — ответил мистер Браун и сел, потому что огни в зале начали гаснуть. — Но что бы с ним ни приключилось, я намерен досмотреть пьесу до конца.

— Надеюсь, вторая половина лучше первой, — вставил Джонатан. — Первая просто никуда не годилась. Этот сердитый артист всё время путал слова.

Вторая половина действительно оказалась намного лучше первой. Едва сэр Сейли вышел на сцену, зал напряжённо замер. Сэр Сейли точно заново родился. Он больше не путал слова, и зрители, которые маялись и кашляли всю первую половину спектакля, теперь сидели как заворожённые, ловя каждое слово.

Когда наконец занавес опустился, скрыв счастливую дочь сэра Сейли, вернувшуюся в отцовские объятия, раздался взрыв аплодисментов. Занавес снова подняли, и вся труппа вышла поклониться публике. Потом на сцене остались только сэр Сейли и Сара, но аплодисменты всё не умолкали. Тогда сэр Сейли вышел на авансцену и, подняв руку, потребовал тишины.

— Дамы и господа, — проговорил он, — сердечно благодарю вас за тёплый приём. А теперь, с вашего позволения, я хотел бы представить вам самого юного члена нашей труппы, без которого сегодняшний спектакль обязательно бы провалился. Это молодой... э-э... медведь, который выручил нас в трудную минуту...

Остальная часть его речи потонула в недоумённом гуле. Тогда сэр Сейли подошёл к самому краю сцены, где под небольшим колпаком находилось отверстие в помосте – суфлёрская будка.

Сэр Сейли взял Паддингтона за лапу и потянул кверху. Из будки показалась мохнатая голова. Во второй лапе медвежонок крепко сжимал сценарий.

– Вылезай, Паддингтон, – сказал сэр Сейли. – Вылезай и поклонись публике.

– Не могу, – пропыхтел медвежонок. – Я, кажется, застрял!

Он действительно застрял. Только с помощью нескольких рабочих сцены, пожарника и большого количества сливочного масла удалось вызволить его из будки – да и то когда публика уже разошлась. Впрочем, даже сидя в будке, он умудрялся, изогнувшись, махать шляпой в ответ на восторженные крики, которые неслись из зала, пока занавес не опустился в последний раз.

Если бы спустя несколько дней кто-нибудь зашёл вечером в комнату медвежонка, то обнаружил бы, что тот сидит в кроватке со своим дневником, ножницами и тюбиком клея и старательно наклеивает на чистую страницу фотографию сэра Сейли Блума, на которой рукой великого артиста написано: «Паддингтону, с самой искренней благодарностью». Была тут и подписанная фотография барышни по имени Сара, а также радость и гордость медвежонка – газетная вырезка с заголовком «Паддингтон спасает премьеру!».

Мистер Крубер сказал, что за фотографии можно было бы выручить кое-какие деньги, но Паддингтон, крепко поразмыслив, решил их всё-таки не продавать. В конце концов, ведь сэр Сейли вернул ему его шестипенсовик – и даже подарил настоящий театральный бинокль!

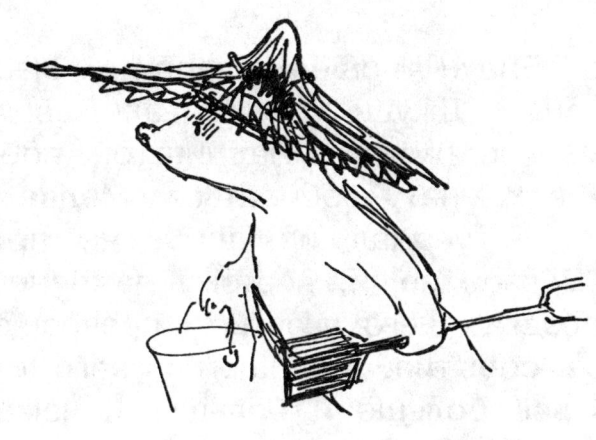

Глава седьмая
Приключения на море

Однажды утром мистер Браун вышел в прихожую, постучал по барометру и объявил:

— День сегодня обещает быть просто замечательным. Как насчёт поездки к морю?[1]

В ответ на его предложение раздался восторженный вопль, и через минуту в доме поднялся страшный тарарам.

Миссис Бёрд отправилась делать бутерброды — скоро их выросла целая гора.

---

[1] Ездить к морю англичанам удобно — оно у них со всех сторон. Британия ведь не такой уж большой остров! Говорят, там вообще невозможно удалиться от моря больше чем на 120 миль, то есть 200 километров. Ну а от Лондона до моря рукой подать.

Мистер Браун пошёл заводить машину. Джонатан и Джуди разыскивали свои купальные костюмы, а Паддингтон побежал к себе в комнату собираться. Медвежонок никогда не уезжал из дому, не прихватив ВСЕ свои вещи, поэтому даже небольшая поездка с его участием превращалась в целое событие. А вещей у него становилось всё больше и больше. К чемодану прибавилась красивая и вместительная сумка с инициалами «П. Б.» и бумажный пакет для всяких мелочей.

Для лета мистер Браун купил ему соломенную шляпу с широченными полями. Паддингтону очень нравилось, что поля можно загибать в любую сторону, придавая шляпе самые разные формы. Получалось, будто у него не одна шляпа, а сразу несколько.

— В Брайтси мы купим тебе ведёрко и совок, — сказала миссис Браун. — Тогда ты сможешь строить крепости из песка.

— А ещё мы сходим на пирс, — бодро подхватил Джонатан. — Там отличные игровые автоматы, так что припаси побольше мелких монеток.

— И обязательно выкупаемся, — добавила Джуди. — Ты умеешь плавать?

– Пока не знаю, – отозвался Паддингтон. – Понимаешь, я никогда ещё не был на море.

– Никогда не был на море?!

Все бросили свои дела и уставились на Паддингтона.

– Никогда, – повторил медвежонок.

Все согласились, что первая в жизни поездка к морю – событие очень знаменательное. Миссис Бёрд вспомнила к случаю, как давным-давно впервые приехала в Брайтси. Паддингтон услышал столько интересного, что не мог потом усидеть на месте – так ему хотелось поскорее попасть на пляж.

Вскоре автомобиль, набитый до отказа, тронулся в путь. Миссис Бёрд, Джуди и Джонатан сидели сзади. Мистер Браун вёл машину, а миссис Браун и Паддингтон примостились с ним рядом. Паддингтон очень любил ездить на переднем сиденье, особенно если ему разрешали открыть окно и подставить мордочку ветру. На окраине Лондона произошла заминка, потому что с Паддингтона сдуло шляпу, но скоро они выбрались на шоссе, и всё опять пошло как по маслу.

– Паддингтон, чувствуешь запах моря? – спросила немного погодя миссис Браун.

Паддингтон высунулся как можно дальше и потянул носом.

– Чем-то действительно пахнет, – согласился он.

– Нюхай, нюхай, – сказал мистер Браун, – мы почти приехали.

Они поднялись на холм, миновали изгиб дороги, и вот вдалеке, в ярких лучах утреннего солнца, засверкала морская гладь.

Глаза у Паддингтона стали круглыми.

– Глядите! – закричал он, указывая лапкой в сторону пляжа. – Лодки в грязи завязли!

Все дружно расхохотались.

– Это не грязь, глупенький, – сказала Джуди. – Это песок.

Пока Паддингтону объясняли, что такое песчаный пляж, машина въехала в Брайтси и покатилась по набережной. Паддингтон смотрел на море не без опаски. Волны оказались куда больше, чем он думал. Конечно, они были поменьше тех, что он видел по пути в Англию, но достаточно велики для маленького медвежонка.

Мистер Браун затормозил возле магазина и достал бумажник.

– Этот медведь отправляется на пляж, и я хотел бы купить ему всё необходимое, – обратился он к тётеньке за прилавком. – Значит, так. Дайте нам, пожалуйста, ведёрко, совок, тёмные очки, плавательный круг...

Тётенька выкладывала на прилавок всё по порядку, и Паддингтон уже пожалел, что у него всего две лапы. Плавательный круг оказался великоват и всё время съезжал на пятки, очки едва держались на кончике носа, соломенную шляпу, ведёрко и совок он взял в одну лапу, а чемодан в другую.

– Не желаете сфотографироваться, сэр?

Обернувшись, Паддингтон увидел какого-то нечёсаного типа с фотоаппаратом.

– Всего один шиллинг, сэр. Качество гарантирую. Если снимок вам не понравится, деньги верну.

Паддингтон задумался. Вид у типа был не слишком располагающий, но ему очень хотелось иметь свой портрет. Вот уже несколько недель он откладывал деньги и скопил целых три шиллинга.

– Минутку, сэр, – проговорил фотограф, скрываясь под чёрной накидкой. – Сейчас вылетит птичка.

Паддингтон завертел головой, но никакой птички не увидел. Тогда он подошёл к фотографу сзади и похлопал его по плечу. Фотограф, который что-то искал в своём аппарате, подскочил от неожиданности и вынырнул из-под накидки.

– Как же я могу вас фотографировать, если вы стоите позади фотоаппарата? – напустился он на медвежонка. – Я из-за вас испортил пластинку, так что, – он плутовато отвёл глаза, – платите шиллинг!

Паддингтон ответил очень суровым взглядом.

– Вы обещали птичку, – сказал он. – А она так и не прилетела.

– Небось испугалась вашей физиономии, – грубо ответил тип. – Ну, где мой шиллинг?

Паддингтон посмотрел ещё суровее.

– Наверное, птичка унесла, – ответил он.

– Ха-ха-ха! – расхохотался другой фотограф, который с интересом наблюдал происходящее. – Здорово этот мишка тебя поддел, Чарли! И поделом, не будешь фотографировать без лицензии. Ступай-ка отсюда, пока я не кликнул полицейского!

Плутоватый тип забрал свой аппарат и побрёл к пирсу. Проводив его взглядом, второй фотограф повернулся к медвежонку.

– С этими пройдохами просто сладу нет, – пожаловался он. – Отбивают хлеб у честных людей! Вы молодец, что не стали ему платить. Так что, если позволите, в награду я сам вас сфотографирую!

Брауны переглянулись.

– Не знаю уж почему, – сказала миссис Браун, – но Паддингтон всегда падает на все четыре лапы.

– Потому что он медведь, – хмуро отозвалась миссис Бёрд. – Медведи всегда падают на все четыре лапы.

Она первой вышла на пляж и аккуратно расстелила коврик у самого волнореза.

– Это место ничем не хуже других, – сказала она. – По крайней мере, никто не потеряется. Его ни с чем не спутаешь.

– Сейчас отлив, – заметил мистер Браун. – Самое время для купания. Паддингтон, ты будешь купаться?

Паддингтон посмотрел на море.

– Пойду похожу по водичке, – решил он.

– Бежим! – крикнула Джуди. – Не забудь ведёрко и совок, мы сейчас такую крепость соорудим!

– Ого! – Джонатан указал на плакат, приколотый к стене. – Смотри-ка! Конкурс на лучшую крепость из песка... Ничего себе! За самую большую крепость приз два фунта!

– Спорим, у нас будет самая большая! – подпрыгнула Джуди. – Сейчас все втроём как возьмёмся...

– Боюсь, это против правил, – остановила её миссис Браун, которая внимательно прочитала условия конкурса. – Здесь сказано, что каждый должен строить сам по себе.

Джуди немного сникла.

– Ну, я всё равно попробую, – решила она. – Пойдёмте выкупаемся, поедим – и за дело.

Она помчалась к воде. Джонатан с Паддингтоном кинулись вдогонку. Джонатан скоро нагнал сестру, а Паддингтон сделал всего несколько шагов, споткнулся о свой плавательный круг и растянулся на песке.

— Паддингтон, не вздумай лезть в воду с чемоданом! — крикнула вдогонку миссис Браун. — Он намокнет и испортится. Давай сюда, я его посторожу.

Не скрывая огорчения, Паддингтон вручил миссис Браун чемодан и снова побежал к воде. Джонатан и Джуди уплыли довольно далеко, а он просто уселся на мелком месте, где волны приятно щекотали бока. Поначалу было немного прохладно, но скоро он согрелся. Пляж оказался просто замечательным местом! Паддингтон зашёл поглубже, лёг на круг, и волны медленно погнали его обратно к берегу.

Два фунта! А вот... А вот он возьмёт да и выиграет эти два фунта!.. Паддингтон закрыл глаза. Ему представилась роскошная песчаная крепость с башнями, бойницами и бастионами, какую он видел на картинке в книжке. Крепость становилась всё больше и больше, вокруг собралась целая толпа купальщиков. То и дело раздавались возгласы восхищения, кто-то сказал, что ещё не бывало такой огромной крепости, и... тут Паддингтон проснулся, потому что кто-то брызнул на него водой.

– Пошли, мишка-медведь, – сказала Джуди. – Нельзя спать на солнце. Пора обедать, а потом – за работу.

Паддингтон огорчился. Крепость из его сна была так хороша! За неё наверняка дали бы приз. Но ничего не поделаешь – он протёр глаза и побежал за Джонатаном и Джуди. Миссис Бёрд уже достала бутерброды – с ветчиной, сыром и яйцом для всей семьи и специальные, с мармеладом, для Паддингтона. Завершилось пиршество мороженым и фруктовым салатом.

– Вот что, – сказал мистер Браун, которому очень хотелось спокойно вздремнуть после обеда, – как поедите, ступайте в разные стороны и беритесь за дело. Пусть у нас будет ещё и свой маленький конкурс: тому, кто построит самую большую крепость, я дам два шиллинга.

Это предложение всем пришлось по душе.

– Только не убегайте далеко! – крикнула им вслед миссис Браун. – Скоро начнётся прилив!

Но ни Джонатан, ни Джуди, ни Паддингтон не услышали её слов. Их мысли были заняты песком и крепостями. Надо было видеть, как целеустремлённо сжимал Паддингтон в лапах свои ведёрко и совок!

На пляже было полно народу, и он забрёл довольно далеко, прежде чем отыскал свободное место. Начал медвежонок с того, что выкопал длиннющий ров и устроил остров, оставив мостик, чтобы удобнее было носить песок. Потом работа закипела – с каждым ведёрком гора песка на крепостном острове всё росла и росла.

Паддингтон был трудолюбивым медведем, и, хотя лапы у него гудели от усталости, он не успокоился, пока не натаскал огромную кучу песка. Потом, лихо орудуя совочком, он стал возводить стены и башни. Получались прочные, неприступные укрепления с рядами окон и узких бойниц.

Закончив, Паддингтон воткнул совок в угловую башню, повесил на него шляпу, растянулся на крепостном дворе, поставив поближе банку с мармеладом, и закрыл глаза, усталый, но страшно довольный. Волны тихо шуршали о песок, точно баюкали, и скоро медвежонок уснул крепким сном...

– Мы обыскали весь пляж, – говорил Джонатан, – но его нигде нет.

– Он даже не взял с собой плавательный круг, – подхватила миссис Браун. – Ничего не взял, только ведёрко и совок.

Встревоженные Брауны обступили служащего со спасательной станции.

– Его нет уже несколько часов, – прибавил мистер Браун. – С тех пор начался прилив...

Лицо спасателя стало серьёзным.

– И он, вы говорите, не умеет плавать?

– Он даже в ванне-то не очень любит мыться, – ответила Джуди, – какое уж там плавание!

– Вот его фотография, – вступила в разговор миссис Бёрд. – Её только сегодня утром сделали... – Она протянула спасателю карточку и прижала к глазам платок. – Мне сердце подсказывает – с ним что-то неладно. Иначе он не опоздал бы к чаю...

Спасатель вгляделся в снимок.

– Можно, конечно, раздать эту штуку нашим сотрудникам, – сказал он не вполне уверенно, – но вряд ли от этого будет толк. Здесь видно только шляпу и тёмные очки.

– Может, вы пошлёте за ним спасательную лодку? – с надеждой спросил Джонатан.

– Можно было бы, кабы знать, где искать, – отозвался спасатель. – А так – что иголку в стоге сена...

– Господи!.. – Миссис Браун тоже развернула носовой платок. – Об этом даже подумать страшно...

– Ну-ну, всё утрясётся, – попыталась утешить её миссис Бёрд. – Этот медведь не пропадёт, у него голова что надо.

– Пока, – сказал спасатель, протягивая Браунам мокрую соломенную шляпу, – возьмите вот это, а там... там поглядим.

– Тише, тише, Мэри. – Мистер Браун взял жену за руку. – Кто знает, может, он просто забыл её где-нибудь на пляже и её унесло приливом.

Он нагнулся и подобрал ещё несколько Паддингтоновых вещичек. Покинутые хозяином, они казались такими маленькими и одинокими!

– Это точно его шляпа, – кивнула Джуди. – Посмотрите сюда!

Она перевернула шляпу, и все увидели на внутренней стороне чёрный отпечаток лапы и чернильную надпись:

МАЯ ШЛЯПА – ПАДИНКТуН.

– Давайте-ка разойдёмся в разные стороны и осмотрим весь берег, – предложил Джонатан. – Так мы его скорее обнаружим...

Мистер Браун печально покачал головой.

– Уже темнеет, – сказал он.

Миссис Бёрд решительно уселась на коврик и сложила руки.

– Пока он не найдётся, я останусь здесь, – объявила она. – Страшно подумать, как мы вернёмся в пустой дом... Нет, без Паддингтона я никуда не поеду.

– Да никто и не собирается возвращаться без него, миссис Бёрд, – сказал мистер Браун, беспомощно глядя в сторону моря. – Просто...

– Авось его и не унесло, – обнадёживающе сказал спасатель. – Авось он просто пошёл прогуляться по пирсу. Вон какая там толпища собралась! Как пить дать что-то случилось. Эй, приятель, – обратился он к прохожему, – что за переполох там на пирсе?

Прохожий, не останавливаясь, бросил через плечо:

– Какой-то чудак переплыл Атлантический океан. Один на плоту. Несколько месяцев ничего не ел и не пил. Во даёт, а?

Он поспешил дальше.

Спасатель огорчённо вздохнул.

– Очередной розыгрыш, – пояснил он. – У нас такое каждый год бывает.

Мистер Браун вдруг встрепенулся.

– А может быть... – Он поглядел в сторону пирса.

– Это очень на него похоже! – подхватила его мысль миссис Бёрд. – Кто ещё мог такое учинить, кроме нашего мишки!

– Я уверен, что это он! – закричал Джонатан. – На все сто!

Они переглянулись, подхватили свои вещички и присоединились к толпе, которая заполняла пирс. Им не сразу удалось пробиться за турникет, потому что новость о том, что «на пирсе ТАКОЕ творится», уже облетела весь пляж и у входа собралась целая очередь. Но после того как мистер Браун поговорил с полицейским, очередь расступилась, и Браунов провели на самый край пирса, где обычно швартовались маленькие катера.

Странное зрелище предстало их глазам. Паддингтон, которого вытащил из воды какой-то добросердечный рыбак, сидел на своём ведёрке, перевёрнутом вверх дном, и беседовал с репортёрами. Непрерывно щёлкали фотоаппараты, а вопросы сыпались как горох.

– Значит, вы приплыли прямо из Америки? – спросил один из репортёров.

Брауны не знали, плакать им или смеяться.

– Ну, не совсем, – честно ответил Паддингтон после некоторого размышления. – Не прямо из Америки. Но издалека. – Он неопределённо махнул лапкой в морскую даль. – Видите ли, меня унёс прилив.

– И вы всё время сидели в ведре? – спросил второй репортёр, наводя на медвежонка фотоаппарат.

– Конечно, – с готовностью подтвердил Паддингтон. – А грёб совочком. Хорошо, что он у меня оказался.

– А питались планктоном? – осведомился третий голос.

Паддингтон озадаченно замигал.

– Нет, – ответил он, – мармеладом.

Тут мистер Браун сумел-таки пробиться сквозь толпу. Паддингтон вскочил с ведёрка. Вид у него был очень виноватый.

– На сегодня интервью закончено, – сказал мистер Браун, беря медвежонка за лапу. – Бедный медведь очень устал, он так долго был в море. Почти четыре часа. – Он подчеркнул последнюю фразу и строго посмотрел на медвежонка.

– А что, всё ещё вторник? – искренне удивился Паддингтон. – А я думал, он уже давно кончился!

– Ещё не кончился, – ответил мистер Браун, – но мы уже успели до смерти переволноваться.

Паддингтон поднял ведёрко, совок и банку с мармеладом.

– И всё же, – сказал он, – далеко не каждому медведю доводится плавать по морю в ведре!

Когда они ехали по набережной Брайтси к дому, уже стемнело. Весь пляж был залит светом разноцветных фонариков, а струи фонтанов в парке переливались

137

всеми цветами радуги. Красивое было зрелище! Но Паддингтон, который лежал на заднем сиденье, закутанный в одеяло, всё думал про свою крепость.

– А спорим, моя была самая большая! – сказал он сонным голосом.

– Спорим, моя больше! – откликнулся Джонатан.

– Я думаю, – поспешно вмешался мистер Браун, – на всякий случай придётся каждому дать по два шиллинга.

– Ничего, мы как-нибудь ещё раз поедем к морю, – сказала миссис Браун, – и снова устроим конкурс. Правда, Паддингтон?

Ответа не последовало. Крепости из песка, дальнее плавание в ведре и морской воздух сделали своё дело. Паддингтон крепко спал.

Глава восьмая

Фокус-покус

-У-у-у-у! – протянул Паддингтон. – А это и правда мне?

И он уставился на торт так, будто хотел съесть его глазами. Это действительно был всем тортам торт. Один из шедевров миссис Бёрд. Сверху – сахарная глазурь, а внутри – крем и мармелад. На торте красовалась единственная свеча, а под ней имелась надпись:

*Дорогой Паддингтон,
поздравляем с днём рождения!
Все мы.*

Это миссис Бёрд придумала устроить медвежонку день рождения. Паддингтон жил у них уже третий месяц. Никто, включая самого Паддингтона, не знал, сколько ему лет, поэтому решено было начать счёт сначала, условиться, что ему один год. Паддингтону эта мысль страшно понравилась, особенно когда ему сказали, что медведям полагается по два дня рождения в год — один летом, один зимой.

— Прямо как у королевы[1], — добавила миссис Бёрд. — Экая ты у нас важная персона.

Паддингтон и сам так думал и срочно отправился к мистеру Круберу, чтобы поделиться с ним замечательной новостью. Мистер Крубер оценил новость по достоинству, а ещё страшно обрадовался, когда Паддингтон пригласил его на празднование.

— Меня не так уж часто приглашают в гости, мистер Браун, — признался он. —

_____

[1] Это не одной нынешней королеве Великобритании Елизавете II так повезло, а и вообще всем английским королям и королевам. По традиции во вторую субботу июня празднуют официальный день рождения царствующего монарха. Придумал эту традицию король Эдуард VII, который родился поздней осенью и, видимо, не хотел устраивать праздник в плохую погоду. Ну а кроме этого, есть, конечно, ещё и обычный день рождения — Елизавета II отмечает его 21 апреля.

Строго говоря, я уж и не припомню, когда последний раз был на дне рождения, так что с удовольствием приду.

Больше он ничего не сказал, но на следующее утро возле дома Браунов остановился фургон, и из него выгрузили таинственного вида пакет – подарок от всех торговцев с рынка Портобелло.

– Ну и повезло этому медведю! – воскликнула миссис Браун, когда они вскрыли пакет и заглянули внутрь.

Там оказалась корзинка на колёсах, с какими ходят за продуктами, – новенькая и с колокольчиком сбоку, чтобы медвежонок мог предупреждать всех о своём приближении.

Паддингтон почесал в затылке.

– Прямо не знаю, с чего начать, – сказал он и аккуратно поставил корзинку рядом с другими подарками. – Надо ведь написать всем открытки, поблагодарить.

– С этим лучше подождать до завтра, – поспешила остановить его миссис Браун. Дело в том, что, когда Паддингтон брался писать письма, он вечно перемазывался в чернилах, а сегодня он выглядел на диво опрятно, потому что накануне принял ванну и портить вид не хотелось.

Медвежонок слегка приуныл. Он очень любил писать письма.

– Тогда, можно, я помогу миссис Бёрд готовить? – спросил он с надеждой.

– А я, к вашему сведению, как раз всё закончила, – заявила миссис Бёрд, выходя из кухни. – Впрочем, если хочешь, можешь облизать ложку.

Паддингтон уже не раз брался помогать на кухне, и у миссис Бёрд были об этом не самые радостные воспоминания.

– Только смотри не переусердствуй, – добавила она. – А то на всё это места в животе не хватит.

Тут Паддингтон и увидел свой торт. Его глаза, и обычно-то большие и круглые, стали ещё больше и круглее, так что миссис Бёрд даже порозовела от удовольствия.

– Уж особый день, так и угощение особое, – пробормотала она и скрылась в столовой.

Остаток дня Паддингтон провёл, пытаясь найти местечко, где никому не будет мешать, – все были заняты подготовкой к празднику. Миссис Браун наводила порядок. Миссис Бёрд возилась на кухне. Джонатан и Джуди украшали дом. У всех было дело, кроме медвежонка.

— А я думал, это у меня сегодня день рождения, — проворчал он, когда его в пятый раз отослали в гостиную — на этот раз за то, что он рассыпал по кухонному полу стеклянные шарики.

— Конечно у тебя, милый, — подтвердила вконец запыхавшаяся миссис Браун. — Будет и на твоей улице праздник, только попозже.

Ещё утром она сообщила Паддингтону, что медведям полагается по два дня рождения в год, но уже успела об этом пожалеть, потому что он немедленно начал интересоваться, а когда же следующий.

— Посиди-ка у окошка, покарауль почтальона, — предложила она, подсаживая его на подоконник. Но Паддингтону, похоже, сидеть не очень хотелось. — Ну, или иди поупражняйся, ты ведь собираешься вечером показывать нам фокусы.

Среди многочисленных подарков оказался набор «Юный фокусник» от мистера и миссис Браун. Очень дорогой набор из «Баркриджа». Там были магический стол, ящик, в котором, если всё делать по инструкции, вещи исчезали без следа, волшебная палочка и две-три колоды карт. Паддингтон вывалил всё это на пол и уселся рядом читать инструкцию.

143

Он просидел довольно долго, рассматривая картинки, а все пояснения на всякий случай прочёл по два раза. Иногда он рассеянно окунал лапу в банку с мармеладом, но потом вдруг вспомнил, что сегодня день рождения и ожидается плотный ужин, поэтому поставил банку на магический стол и снова углубился в чтение.

Первая глава называлась «ВОЛШЕБНЫЕ СЛОВА». Там рассказывалось, как правильно взмахивать палочкой и говорить «але-оп!». Паддингтон встал, держа в одной лапе книжку, и несколько раз взмахнул волшебной палочкой. Потом на пробу сказал:

«Але-оп!» После этого огляделся. Ничего в комнате вроде бы не изменилось, и он уже хотел было попробовать снова, но тут так и вытаращился от изумления. Банка с мармеладом, которую он всего несколько минут назад поставил на магический стол, исчезла без следа!

Паддингтон торопливо перелистал книжку. Но там не оказалось ни слова об исчезнувшем мармеладе. Хуже того, не оказалось ни слова о том, как вернуть его обратно. Паддингтон понял, что случайно произнёс очень сильное заклинание, раз уж его хватило на целую банку.

Он хотел было сбегать и рассказать остальным, но потом передумал. Это ведь самый подходящий фокус, чтобы показать вечером, особенно если удастся выпросить у миссис Бёрд ещё одну банку. Он отправился на кухню и несколько раз махнул палочкой в сторону миссис Бёрд, так, на всякий случай.

– Вот я тебе покажу «але-оп»! – пригрозила миссис Бёрд, выставляя его за дверь. – И не размахивай так палкой, глаз кому-нибудь выколешь.

Паддингтон поплёлся обратно в гостиную и попробовал произносить заклинания шиворот-навыворот. Ничего не случилось, и тогда он взялся за следующий раздел книжки с инструкциями, который назывался «ТАИНСТВЕННОЕ ИСЧЕЗНОВЕНИЕ ЯЙЦА».

– Вот уж не думала, что для этого нужна книжка, – заметила за обедом миссис Бёрд, слушая Паддингтоновы рассказы. – У тебя еда и так исчезает, только успевай подкладывать.

– Главное, – сказал мистер Браун, – ты не вздумай сегодня вечером никого распиливать пополам, а на всё остальное я согласен. Я просто пошутил, – добавил он поспешно, когда медвежонок устремил на него вопросительный взгляд.

Доев обед, мистер Браун на всякий случай сбегал и запер сарай, где держал инструменты. Он уже усвоил, что с Паддингтоном лучше ничего не оставлять на волю случая.

Впрочем, как оказалось, волновался он зря, потому что Паддингтону и без того было чем заняться. К ужину собралась вся семья, к ним присоединился мистер Крубер. Пришли ещё несколько человек, в том числе и сосед Браунов мистер Карри. Последнего ну никак нельзя было назвать желанным гостем.

– Польстился на бесплатное угощение, – проворчала миссис Бёрд. – Просто позор, отнимать последний кусок у бедного мишутки. Его ведь не приглашали!

– Хотел бы я посмотреть на того, кто сумеет отнять кусок у этого мишутки, – возразил мистер Браун. – Хотя вы правы, нахальства мистеру Карри не занимать – явиться сюда после всего, чего мы от него наслушались в прошлом. И уж хотя бы из вежливости поздравил именинника!

Мистер Карри слыл в округе страшным жадиной, а кроме того, любителем совать нос в чужие дела. А ещё он отличался сварливым характером и вечно ябедничал и скандалил, если что-то приходилось ему не по нраву. Паддингтон с самого начала пришёлся ему не по нраву – именно поэтому Брауны и не пригласили его на праздник.

Впрочем, что касается угощения, тут даже мистер Карри не сумел бы придумать, на что пожаловаться. Все единодушно объявили, что всё на столе, от огромного именинного торта до последнего куска булки с мармеладом, заслуживает самых высоких похвал. Сам Паддингтон так наелся, что с большим трудом набрал в грудь достаточно воздуха, чтобы задуть свечу. В конце концов он её всё-таки задул и даже не подпалил усы, и тогда все, включая

мистера Карри, захлопали и принялись наперебой поздравлять его с днём рождения.

– А теперь, – сказал мистер Браун, когда шум утих, – давайте-ка отодвинемся от стола. Насколько я знаю, Паддингтон приготовил нам сюрприз.

Пока гости сдвигали стулья в один конец комнаты, Паддингтон сбегал в гостиную и вернулся со своим набором для фокусов. Последовала пауза, пока он устанавливал магический стол и закреплял на нём ящик, но скоро всё было готово. Погасили все лампы, кроме торшера, и Паддингтон взмахнул волшебной палочкой, требуя тишины.

— Леди и джентльмены, — возгласил он, сверившись с инструкцией, — следующий фокус потрясёт ваше воображение.

— Ты ж пока ещё ни одного не показал, — буркнул мистер Карри.

Не обращая на него внимания, Паддингтон перевернул страницу.

— Чтобы проделать этот фокус, мне нужно яйцо, — сказал он.

— О господи, — вздохнула миссис Бёрд и побежала на кухню. — Чует моё сердце, сейчас случится что-то ужасное.

Паддингтон положил яйцо на магический стол и накрыл носовым платком. Потом несколько раз пробормотал: «Але-оп!» — и легонько стукнул по платку волшебной палочкой.

Мистер и миссис Браун переглянулись. Оба они думали про ковёр.

— Фокус-покус! — воскликнул Паддингтон и сдёрнул платок. Ко всеобщему изумлению, яйцо исчезло без следа.

— Это, конечно, попросту ловкость лап, — авторитетно пояснил мистер Карри, перекрывая аплодисменты. — Но для медведя очень даже недурно. Я бы даже сказал, отлично. Ну а теперь верни его обратно!

Страшно довольный собой, Паддингтон поклонился публике и сунул лапу в секретный ящичек, который имелся в столе. К своему изумлению, он обнаружил там что-то куда крупнее яйца. Собственно, это была... банка с мармеладом! Та, которая исчезла сегодня утром! Паддингтон поднял её повыше, чтобы все видели; этому фокусу аплодировали ещё громче.

— Превосходно, — похвалил мистер Карри, шлёпая себя по колену. — Заставил нас подумать, что вытащит яйцо, а сам вытащил банку с мармеладом! Здорово проделано.

Паддингтон перевернул страницу.

— А теперь фокус-покус с исчезновением! — объявил он.

Он взял любимый цветочный горшок миссис Браун и поставил на стол рядом с волшебным ящиком. В этом фокусе он был не слишком уверен, потому что не успел поупражняться, и довольно плохо представлял, как устроен волшебный ящик и куда вообще надо ставить горшок с цветами.

Сзади в ящике была дверца. Паддингтон открыл её, но, прежде чем залезть внутрь, обратился к зрителям.

– Я сейчас, быстренько, – пообещал он и скрылся из виду.

Зрители молча ждали.

– Какой-то занудный фокус, – пожаловался мистер Карри через некоторое время.

– Надеюсь, с Паддингтоном всё в порядке, – заволновалась миссис Браун. – Очень уж он тихо сидит.

– Ну, куда бы ему подеваться, – сказал мистер Карри. – Давайте-ка постучим.

Он встал и с силой постучал по ящику, а потом приложил к нему ухо.

– Кто-то оттуда зовёт, – объявил он. – Судя по голосу, Паддингтон. Дайте-ка я ещё раз попробую.

Он тряхнул ящик, и в ответ изнутри раздался отчаянный стук.

– Боюсь, он влез туда и застрял, – предположил мистер Крубер. Он тоже постучал по ящику и позвал: – Как вы там, мистер Браун?

– Плохо! – откликнулся издалека приглушённый голосок. – Тут темно, и мне никак не прочитать инструкцию!

– Неплохой фокус, – сказал мистер Карри через некоторое время, когда ящик наконец открыли с помощью перочинного ножа. Потом он умял ещё несколько пирожных. – Исчезновение медведя. Очень необычно! Правда, я так и не понял, для чего был нужен цветочный горшок.

— Для следующего фокуса мне понадобятся часы, — сообщил Паддингтон.

— Обязательно часы? — всполошилась миссис Браун. — А что-нибудь другое не подойдёт?

Медвежонок ещё раз заглянул в инструкцию.

— Тут сказано, часы, — заявил он твёрдо. Мистер Браун поспешно прикрыл запястье рукавом. На беду, мистер Карри, которого бесплатное угощение привело

в непривычно благостное расположение духа, встал и протянул медвежонку свои часы. Паддингтон сказал «спасибо», взял их и положил на стол.

— Это отличный фокус, — сказал он, нагибаясь и доставая из коробки молоточек.

Потом он накрыл часы носовым платком, поднял молоток и несколько раз стукнул. Мистер Карри выпучил глаза.

— Надеюсь, ты, медведь, знаешь, что делаешь, — рявкнул он.

Паддингтон не на шутку встревожился. Перевернув страницу, он прочёл зловещие слова: «Для этого фокуса вам потребуются вторые часы». Он неуверенно приподнял краешек платка. Оттуда выкатилось несколько шестерёнок и винтиков. Мистер Карри так и взревел.

— Я, кажется, забыл сказать «але-оп!», — виновато пояснил Паддингтон.

— Але-оп! — рявкнул мистер Карри, готовый лопнуть от злости. — Але-оп! — Он поднял искалеченные часы на всеобщее обозрение. — Я двадцать лет не расставался с этой вещью, а теперь полюбуйтесь! Кое-кто за это заплатит!

Мистер Крубер вытащил лупу и внимательно осмотрел часы.

— Ничего подобного, — сказал он, приходя медвежонку на помощь. — Вы купили их у меня за пять шиллингов полгода назад. Постыдились бы говорить неправду при юном медведе!

— Поклёп! — прошипел мистер Карри и тяжело опустился на Паддингтонов стул. — Поклёп! Вот я вам...

Тут он осёкся, а на лице у него появилось какое-то непонятное выражение.

— На чём это я сижу? — осведомился он. — Что там мокрое и липкое?

— Ой, мамочки, — вздохнул Паддингтон. — Это, наверное, моё исчезнувшее яйцо. Взяло и опять появилось.

Физиономия мистера Карри побагровела.

— Никогда в жизни меня так не оскорбляли! — заявил он. — Никогда! — Он развернулся и грозно потряс указательным пальцем. — Чтобы я ещё когда-нибудь пришёл к вам хоть на один праздник!

— Генри, — укорила мужа миссис Браун, когда за мистером Карри захлопнулась дверь, — право же, перестань смеяться.

Мистер Браун попытался взять себя в руки.

— Не получается, — сдался он наконец и снова захохотал. — Не могу удержаться.

— А вы видели выражение его лица, когда шестерёнки выкатились из-под платка? — выдавил мистер Крубер, у которого от смеха текли слёзы.

— И всё-таки, — сказал мистер Браун, когда хохот поутих, — в следующий раз, Паддингтон, ты уж не показывай таких опасных фокусов.

— Покажите карточный фокус, о котором вы мне рассказывали, мистер Браун, — попросил мистер Крубер. — Тот, где надо разорвать карту, а потом вытащить её из уха у одного из зрителей.

— Да, звучит мирно и безобидно, — поддержала его миссис Браун. — Давайте посмотрим.

— А вы не хотите, чтобы ещё что-нибудь исчезло? — с надеждой спросил медвежонок.

— Совсем не хотим, — твёрдо ответила миссис Браун.

— Ну ладно, — сказал Паддингтон, роясь в коробке. — Лапами карточные фокусы не очень легко показывать, но я уж попробую.

Он протянул мистеру Круберу колоду, а тот торжественно вытащил из середины одну карту, запомнил какую, а потом засунул её обратно. Паддингтон взмахнул палочкой и достал из колоды карту. Это была семёрка пик.

– Та самая? – спросил он у мистера Крубера.

Мистер Крубер протёр очки и вгляделся повнимательнее.

– Ну надо же! – поразился он. – Если не ошибаюсь, она самая и есть!

– Спорим, в колоде все карты одинаковые, – шепнул мистер Браун на ухо жене.

– Ш-ш! – шикнула миссис Браун. – По-моему, у него отлично получилось.

– Вот эта часть посложнее, – предупредил Паддингтон и разорвал карту на кусочки. – Я не знаю, получится ли.

Он сунул кусочки под платок и несколько раз коснулся его палочкой.

– Ой! – воскликнул мистер Крубер, хватаясь сбоку за голову. – У меня вдруг что-то выскочило из уха. Твёрдое и холодное. – Он ощупал ухо. – Как мне кажется... – Он поднял повыше блестящую кругляшку. – Это соверен![1] Мой подарок Паддингтону на день рождения! Ума не приложу, как он попал в ухо.

---

[1] Англичане вообще всегда любили придумывать хитрые названия для разных монет – были у них и гинея, и фартинг, и вот ещё соверен – монетка достоинством в один фунт.

– Ух ты! – не без гордости сказал Паддингтон, разглядывая монетку. – Вот уж не ожидал. Большое спасибо, мистер Крубер.

– Не за что, мистер Браун, подарок, боюсь, довольно скромный, – проговорил мистер Крубер. – Но мне так греют душу наши с вами утренние беседы. Я каждый раз их жду с нетерпением и, – тут он прочистил горло и огляделся, – надеюсь, что этот день рождения далеко не последний!

Все его единодушно поддержали, а когда шум смолк, мистер Браун поднялся и посмотрел на часы.

– Всем нам давно уже пора на боковую, – сказал он. – А тебе и подавно, Паддингтон. Так что давайте-ка все хором покажем фокус-покус с исчезновением.

– Вот было бы здорово, если бы тётя Люси могла меня сейчас видеть, – сказал Паддингтон – он стоял в дверях и махал гостям на прощание. – То-то бы она обрадовалась!

– Ты обязательно напиши ей обо всём, что сегодня произошло, Паддингтон, – сказала миссис Браун и взяла его за лапу. – Только утром, – добавила она поспешно. – Помни, я тебе только что поменяла постельное бельё.

– Ладно, – согласился Паддингтон. – Утром. А то если я сейчас начну, чернила прольются на простыню или ещё что случится. Со мной вечно что-нибудь приключается.

– Знаешь, Генри, – сказала миссис Браун, глядя, как Паддингтон, перемазанный сладким и совсем сонный, топает вверх по лестнице, – а хорошо, когда в доме живёт медведь.

Содержание

Литературно-художественное издание

Для среднего школьного возраста

Серия «ЧТЕНИЕ – ЛУЧШЕЕ УЧЕНИЕ»

БОНД Майкл

МЕДВЕЖОНОК ПО ИМЕНИ ПАДДИНГТОН

Сказочная повесть

Перевод с английского *Александры Глебовской*

Ответственный редактор *М. Ю. Теплова*
Художественный редактор *Е. Р. Соколов*
Технический редактор *С. А. Грачёва*
Корректор *Т. А. Чернышева*
Вёрстка *Н. А. Козель*

Подписано в печать 15.08.2019. Формат 60×90 $^1/_{16}$.
Гарнитура «Pragmatica». Бумага офсетная.
Печать офсетная. Усл. печ. л. 10,00.
Доп. тираж 6000 экз. D-SCC-18573-05-R. Заказ № 7100.
Дата изготовления 12.09.2019.
Срок службы (годности): не ограничен.
Условия хранения: в сухом помещении

ООО «Издательская Группа «Азбука-Аттикус» –
обладатель товарного знака Machaon
115093, Москва, ул. Павловская, д. 7, эт. 2, пом. III, ком. № 1
Тел. (495) 933-76-01, факс (495) 933-76-19
E-mail: sales@atticus-group.ru

Филиал ООО «Издательская Группа «Азбука-Аттикус» в г. Санкт-Петербурге
191123, Санкт-Петербург, Воскресенская набережная, д. 12, лит. А
Тел. (812) 327-04-55
E-mail: trade@azbooka.spb.ru

ЧП «Издательство «Махаон-Украина»
Тел./факс (044) 490-99-01
e-mail: sale@machaon.kiev.ua

www.azbooka.ru; www.atticus-group.ru

Отпечатано в России.
Отпечатано в соответствии с предоставленными материалами
в филиале «Тульская типография» ООО «УК» «ИРМА».
300026, г. Тула, пр. Ленина, 109.

Знак информационной продукции (Федеральный закон № 436-ФЗ от 29.12.2010 г.) **0+**
Товар соответствует требованиям ТР ТС 007/2011 «О безопасности продукции,
предназначенной для детей и подростков».